Le secret du scarabée d'or

ISBN : 2-7459-0110-9

Jackie Valabrègue

Le secret du scarabée d'or

MILAN POCHE

Préface

Ce récit se déroule en Égypte ancienne, vers les années 1373 avant J.-C. Le pharaon qui y régnait alors s'appelait Aménophis III. Il gouverna avec une grande sagesse, mais déjà des rumeurs annonçaient l'avènement sur le trône, de son fils et successeur : Aménophis IV, époux de la célèbre Néfertiti.

Les pharaons vivaient à Thèbes, ville de l'Égypte ancienne, aujourd'hui disparue. Les temples de Louxor et de Karnak indiquent l'emplacement de cette antique cité.

À cette époque, le peuple égyptien vénérait une multitude de dieux, dont le plus redoutable était le dieu Amon.

Tous ces dieux, représentés par des têtes d'animaux, étaient servis par des prêtres. On les appelait les prêtres d'Amon. Le peuple égyptien apportait de nombreuses offrandes aux dieux, ainsi qu'aux prêtres : de la nourriture, des bijoux, des cruches de bière, etc. Mais il faut savoir que lorsque Aménophis IV devint pharaon à son tour, il supprima tous ces dieux, fit abattre les temples et emprisonner les prêtres d'Amon, pour instaurer un Dieu unique : Aton ou Rê (nom du soleil en Égypte ancienne). Aménophis se fit appeler également Akhenaton ell-al-Armana.

Ce changement de religion fut le monothéisme, ou croyance en un seul Dieu.

Ti et Ankh, les héros du récit, ont douze et dix ans. Ce sont leurs dernières années d'enfance. Car, à cette époque, un garçon de douze ans était presque un homme. Et les filles se mariaient sitôt leur puberté. Il faut également noter que les liens du sang (père, mère, fils, fille, cousin, cousine) n'empêchaient pas de se marier entre gens de la même famille. Cela était courant chez les pharaons. Il y eut, de ce fait, une dégénérescence qui finalement se solda par la chute de l'Empire pharaonique.

Cette civilisation fut cependant extrêmement évoluée. Les médecins, les astrologues, les savants possédaient d'infinies connaissances, dont certaines sont méconnues encore de nos jours.

Les mots ou groupes de mots suivis d'un astérisque sont expliqués dans le lexique en fin de volume.

1

Ti… festin de Sobek, le dieu crocodile ?

Vêtu de son plus beau pagne de lin blanc, Ti, douze ans, se tient debout sur la berge du Nil. Il trépigne d'impatience en guettant l'arrivée de sa cousine, Ankh. Quelles merveilleuses vacances en perspective ! Mais le soleil tape. Ti ruisselle malgré l'huile de palme dont il s'est enduit le corps. Mouches et moustiques bourdonnent sous son nez. Heureusement qu'il n'a pas lésiné sur le khôl* qui agrandit encore ses yeux taillés en amande. Il protège ses pupilles du vent, de la chaleur et de la poussière. En l'honneur de Ankh, Ti a longuement brossé ses cheveux noirs coupés au carré. Il a enfilé des sandales neuves. Deux bracelets d'or ornent ses poignets et, bien entendu, il porte son collier d'amulettes qui lui assure la protection des dieux.

Excité, enthousiaste, des projets plein la tête, Ti se demande si Ankh a changé depuis l'année dernière. Elle n'a que dix ans. Lui, il se sent déjà un homme.

Las d'attendre, immobile comme un sphinx, le jeune garçon a le tournis à force de fixer le fleuve. Des embarcations de toutes tailles animent le Nil. Des barques enduites de poix. Des vaisseaux à voiles. Ankh sera probablement à bord d'un bateau tiré par dix rameurs. Son père, marchand à Memphis, n'est pas assez riche pour la faire voyager en chaise à porteurs mais pas pauvre au point de l'envoyer à pied, un bâton à la main. Cette pensée le fait sourire. Ankh est tellement fantasque qu'une telle randonnée ne serait pas pour lui déplaire !

La mère de Ankh est morte le jour de sa naissance et son père l'envoie passer chaque année ses quatre mois de vacances à la Mata. La Mata est la villa où Ti et ses neuf frères ont vu le jour. Elle est située aux abords de Thèbes et se trouve bien vide depuis que les aînés l'ont désertée pour mener leur vie d'homme. Faire partie d'une famille nombreuse n'a rien d'original en Égypte. En revanche, quelle guigne d'en être le benjamin. Personne avec qui rire et s'amuser.

Kafran, le père de Ti, est médecin. Tôt le matin, il se rend à la Maison de la Vie où défilent les malades, pour ne rentrer que tard le soir.

Nefer, sa mère, satisfaite d'avoir élevé neuf garçons, oublie carrément le dixième pour ne s'occuper que de sa beauté ! Elle passe ses journées à se faire masser et parfumer par Keftiou, leur servante. Ensuite, elle essaye ses multiples perruques bouclées. Comme toutes les femmes de sa condition, Nefer a la tête rasée, ce qui lui permet de changer de coiffure d'une heure sur l'autre !

Mais c'est le vieux Thotmès, scribe* de son père, qui intrigue le plus le jeune garçon. On dirait que cet homme a le don d'apparaître et de disparaître dans la villa ou le jardin, sans qu'on sache comment et où. Ce matin, aussi silencieux qu'un chat, Ti s'est caché derrière une colonne de la villa. Lorsque Thotmès est sorti de sa chambre, il s'est dirigé vers le jardin. Sans le quitter des yeux, Ti s'est tapi ensuite dans un massif de mandragores. Thotmès a regardé sur sa droite, puis sur sa gauche, ensuite il a contourné le bassin et a disparu en passant derrière les rochers qui ornent la piscine bleutée... Après quelques secondes, Ti est sorti de son repaire pour examiner les lieux... Rien... Aucune faille !

Pas la moindre cachette où Thotmès eût pu se mettre… Aurait-il donc le pouvoir de se dématérialiser ?

Il y a là un mystère… Craintif, Ti effleure son collier d'amulettes afin que les dieux le protègent de ce redoutable personnage. Puis, il secoue la tête… Pour le moment, l'important est de penser à lui et à Ankh. Va-t-elle le reconnaître ? Il a tellement grandi durant son année scolaire à l'École des prêtres. Huit longs mois pendant lesquels Ti n'a cessé de regretter son enfance et la liberté ! À l'âge de quatre ans, on lui a coupé ses boucles, il a cessé de se promener tout nu et il a fallu apprendre à écrire ! Avec son premier pagne, on lui a offert une boîte de calames – des petits roseaux taillés – et des tablettes d'argile. Pour les débutants ces tablettes d'argile coûtent moins cher que le papyrus*… Hélas, elles se brisent facilement !

À cinq ans, bon gré mal gré, Ti connaissait déjà les cinq cents signes indispensables pour entrer à l'École des prêtres, établissement scolaire réservé aux familles aisées.

Son père, qui ne mâche pas ses mots, l'avait aimablement semoncé.

– Je te préviens, Ti, je n'ai pas l'intention de payer des cruches et des cruches d'argent pour te regarder te gratter le nombril! Ou tu travailles ou tu files à l'École gratuite des prêtres du cinquième degré!

Ti n'avait pas bronché. On ne répond pas aux adultes. En revanche, Thotmès avait ricané:

–Rien n'est vraiment gratuit en Égypte, Kafran! Même dans cette misérable école, il faudra payer en viande, en boisseaux de blé ou en bière pour nourrir ces pauvres prêtres. Ha, ha, ha! Il est vrai qu'en échange, Ti recevra des coups de baguette sur les doigts.

Réjouissant, non?

–Eh bien, il entrera alors comme soldat dans l'armée de Pharaon! avait rétorqué Kafran.

« Soldat? Pourquoi pas? » s'était dit le petit garçon.

–Soldat? s'était écrié Thotmès. Tu n'y songes pas, Kafran! D'abord il n'y a plus de guerres dans le royaume à part quelques petites échauffourées chez les Hittites! Des sauvages qui rabattent la peau du crâne sur les yeux de leurs prisonniers.

Hein? Quoi? Ti avait dressé l'oreille. Plus question de devenir soldat! Histoire, géographie, mathématiques, astrologie ainsi que tous les hommages rendus aux dieux valaient mieux que les Hittites. C'est pourquoi Ti n'avait pas ménagé sa peine et, nanti d'éloges et de diplômes en cette fin d'année scolaire, s'était retrouvé dans le bureau de son père.

– C'est bien, mon fils.

– Tu es content de mon travail ?

– Les dieux le sont. L'an prochain, tu vas entrer dans la Maison de la Vie pour suivre ta médecine. Que tu le veuilles ou non, c'est de toute façon écrit dans ton horoscope.

Quelle ironie ! Ti était resté confondu. Son opiniâtreté n'y était pour rien ! Les dieux avaient parlé par la bouche des prêtres chargés de lire son destin dans les astres.

... Tout compte fait, Ti aurait pu tranquillement se gratter le nombril, comme disait son père. Cela n'aurait rien changé !

•

– Ho ! Ho ! Ho !

Ti sursaute. Il écarquille les yeux. Cette voix claire qui vient d'un bateau, c'est celle de Ankh ! Il repère un esquif effilé, tiré par une barque. Catastrophe ! Jamais les rameurs ne vont accepter d'accoster ici pour déposer Ankh. Le bateau est trop gros et il se dirige droit sur le port.

– Ho ! Ho ! reprend la voix joyeuse.

Ti ne peut voir Ankh sous les bâches qui recouvrent le pont, mais c'est elle, évidemment ! Elle va débarquer à Thèbes et il l'attend ici depuis des heures! C'est trop bête. Le jeune garçon dégringole la berge en courant et, avisant une petite barque enduite de poix, il y saute et commence à godiller. Il va enlever Ankh et la ramener avec lui! Hélas, il n'a pas atteint le milieu du fleuve que ses pieds sont dans l'eau… puis ses chevilles… La barque est pourrie et le prouve très vite.

Plouf! Plus d'embarcation. Un instant plus tard, il barbote dans le Nil.

–Ha, ha, ha!

Ankh hurle de rire. Tout en nageant ferme, Ti a le loisir de constater qu'elle n'a pas changé. Joli visage rieur encadré d'une épaisse chevelure noire et lisse. Quantité de colliers pendent sur sa tunique transparente. Son rire déferle en cascade, comme d'habitude quand elle se moque de lui. Bravo!

Soudain, un silence. Puis des hurlements de frayeur.

–Plus vite, Ti! Plus vite!

Quoi encore? Il se retourne. Bien lui en prend. À moins de cent brasses*, un long corps glisse vers lui. Deux yeux globuleux sortent de l'eau. Le plus cruel de tous les dieux, Sobek, lui envoie son ambassadeur sur terre: le crocodile!

– Dépêche-toi, Ti, je t'en supplie !

Cette fois, sa jolie cousine ne rit plus. Tant mieux ou tant pis. Car s'il disparaît dans la gueule du crocodile, Ankh n'aura plus qu'à se recouvrir la tête de cendres* ! Parmi les estropiés qui claudiquent dans Thèbes, on reconnaît aussi les victimes de Sobek, qui parfois se contente d'une jambe ou d'un bras ! La peur décuple les forces de Ti. L'embarcation se dirige vers lui. Dix mains se tendent. Tiré, hissé, il roule sur le pont au milieu des exclamations. À bout de souffle, Ti reste un instant allongé sur le dos. Un visage mutin se penche sur lui.

– Quel accueil, Ti ! Je ne t'en demandais pas tant !

Elle rit à nouveau avant d'avouer :

– J'ai eu une de ces peurs…

Ti se redresse.

– Pourquoi, petite sotte ? Que les dieux te bénissent ! Mais je te préviens qu'ils ont déjà tracé mon avenir – et celui-ci n'est pas de finir dans le ventre d'un crocodile !

Il n'en reste pas moins que Ti manque de prestance. Son beau pagne est déchiré. Il a perdu une sandale. Ses amulettes pendent toujours autour de son cou… Tout de même, les prêtres pourraient bien également prédire ce genre de détails désagréables !

2
Ankh

– Tu refuses de me croire, n'est-ce pas ? lance Ti.

Ankh regarde son cousin. Il est vraiment très beau quand il est en colère. Sa voix qui commence à muer lui arrache un sourire. Ils sont tellement habitués à passer leurs vacances ensemble, que la petite fille ne voit pas passer le temps… Hélas, dans deux ans, elle sera bonne pour le mariage. En Égypte, dès l'âge de dix ans, une fille peut « casser la cruche avec un homme », comme on dit. Alors, les deux époux s'adressent l'un à l'autre en s'appelant « mon frère » et « ma sœur », expressions réservées aux amoureux.

Dans l'immédiat, comme elle est encore une « petite sotte » pour Ti, Ankh rétorque paisiblement :

– J'aimerais bien te croire, mais tu racontes tellement d'histoires invraisemblables !

Il la foudroie du regard, laisse retomber la tenture de la chambre et tourne les talons. Ses pas décroissent dans le vestibule où chante un petit jet d'eau. Sans doute est-il parti calmer sa mauvaise humeur dans le bassin situé au milieu du jardin. Depuis sa mésaventure d'hier, il ne doit pas être à un bain près !

Indécise, Ankh reste debout au beau milieu des malles et mallettes qui ne sont pas encore défaites. Va-t-elle suivre son cousin ? Ou bien ranger ses affaires ?

Hier, ils ont dû se faire conduire à la Mata par un paysan. Il a entassé les bagages dans sa charrette tirée par deux bufflonnes nonchalantes.

Revoir la grande maison blanche aux innombrables colonnes, les parterres de mandragores et de lotus, la piscine couverte de nénuphars est toujours une très grande joie. Elle mène une vie plutôt solitaire avec Métoufer, son père.

Sa tante Nefer l'a reçue avec tendresse. Son oncle n'a pas perdu sa détestable manie de faire remplir deux fois son assiette pendant le dîner, sous prétexte qu'il la trouve maigrichonne ! Aux doubles portions d'oie farcie, dégoulinantes de graisse, Ankh préfère les gâteaux au miel qui « font mal aux dents », comme le prétend l'oncle Kafran. Quant au scribe Thotmès, il a conservé sa tête de vieux hibou antipathique. Reste à savoir s'il cache vraiment un mystère, comme l'affirme Ti.

Un mystère... Ankh frissonne. Voilà qui serait passionnant. Dangereux peut-être ? Bah... Ti sera là pour la défendre.

Tout à coup, elle sursaute. Ce n'est que la brave Keftiou qui passe la tête par la tenture.

– Tu veux un coup de main pour ranger tes vêtements ? demande la servante.

– Heu... oui... merci.

Keftiou a un sourire étincelant. Toutes ses dents sont en or ! Un cadeau du maître. Désormais, Keftiou peut sucer autant qu'elle le veut ses pastilles de jujube. Ce qu'elle fait constamment. À peine en a-t-elle avalé une qu'elle en tire bien vite une autre de sa poche. Keftiou est-elle au courant des étranges agissements de Thotmès ? Ankh se risque à tâter le terrain en douceur.

– Tu ne trouves pas que Ti a beaucoup d'imagination ? demande-t-elle à la vieille Keftiou, dont les cheveux ont pris quelques fils gris depuis l'an dernier.

– Ça oui, ma colombe.

– Ti m'a raconté qu'il y a en Babylonie de gros oiseaux qui ne volent pas et dont on mange les œufs. On les appelle des poules. Tu y crois, toi ?

Keftiou ouvre des yeux ronds. Sa pastille de jujube lui reste en travers du gosier.

– Un oiseau qui ne vole pas ? répète-t-elle, ahurie.

– Oui. Il prétend aussi que les Hittites ont inventé un métal si dur que nos lances s'y briseraient. Du fer...

Penchée sur une malle, Keftiou se redresse, indignée.

– Sornettes ! Ah, ce monde du progrès ! Que va-t-on inventer encore ? Rien d'étonnant à ce que les dieux se fâchent ! Notre civilisation court à sa perte ! Je vais te dire une bonne chose, Ankh : moi, j'ai du mal à suivre et puis d'ailleurs, je n'y comprends plus rien !

Keftiou se rengorge. Comme elle n'est pas bien grande, elle ressemble à un des paons du jardin, et Ankh éclate de rire.

– Pourquoi tu ris ? grommelle Keftiou, soupçonneuse.

– Heu... Je pensais aux poules...

– Le monde est sens dessus dessous, gronde la vieille femme.

En un tournemain, les malles sont vidées. Le silence retombe. On n'entend plus que le bruit de succion, un peu écœurant, des lèvres de Keftiou sur sa pastille de jujube. Tout à coup, les poings sur les hanches, elle se tourne vers Ankh.

– Tout va de travers ! Même pour les vieux ! Thotmès, par exemple ; il disparaît tous les jours à l'heure de la sieste ! Essaye donc de le trouver ! À croire qu'il sait se rendre invisible.

Très fière de cette révélation infiniment plus importante que les poules de Babylonie ou le fer des Hittites, Keftiou quitte la pièce en roulant des hanches.

Ankh est pétrifiée. Sans le savoir, Keftiou vient exactement de lui fournir l'information qu'elle souhaitait obtenir ! Ça alors !...

•

Pendant quelques minutes, les pensées se bousculent dans la tête de la petite fille. Il s'en passe des choses ici ! À Memphis, entre les cours de danse et de musique qu'elle suit au Temple et la boutique de soieries et de lainages de Byblos que tient son père... il ne se passe jamais rien. Les dames élégantes qui se pressent dans le magasin ne lui adressent la parole que dans le but d'obtenir un rabais sur telle ou telle coupe de tissu. Ankh n'est pas dupe. Les vendeuses syriennes de son père, non plus ! Elles ont le sens du commerce. Métoufer passe la majeure partie de son temps à s'occuper des commandes, enfermé dans son bureau. Livrée à elle-même, Ankh s'ennuie terriblement. Sa mère lui manque. Il est sûrement réconfortant de savoir que sa jolie maman voyage dans le Pays du Couchant et que les dieux lui tiennent compagnie, mais c'est terriblement triste de ne lui rendre visite qu'une fois par semaine. Le dixième jour*. Devant la somptueuse tombe située dans la Vallée des Défunts, on lui dépose des cadeaux et de la nourriture. Les dieux, dit-on, sont satisfaits.

Ankh demeure frustrée. Égoïstement, elle aurait préféré que sa maman partage plus longtemps avec eux ce court voyage sur terre.

Ankh se laisse tomber sur son lit couvert d'un drap blanc et fin. Elle passe un doigt pensif sur le petit oreiller de bois qui porte encore les traces du pot de fard chipé à sa tante, cinq ans plus tôt ! Dans l'armoire, Keftiou a rangé ses tuniques. Sur la commode sont disposés ses jolis coffrets d'obsidienne qui contiennent ses brosses, peignes, limes, huiles et poudres. Ses colliers et bracelets se trouvent dans le coffret d'ébène qui a appartenu à sa mère. Attenante à la chambre, il y a une vaste salle d'eau.

La fenêtre est étroite afin de préserver la pièce des rayons du soleil. La maison est silencieuse. Nefer doit faire la sieste dans sa chambre. Neb, le chien de son oncle, a dû profiter de l'absence du maître pour s'installer dans son bureau. Et Thotmès, où peut-il être ?

Ankh bâille. Elle a un peu sommeil. Il fait si chaud ! L'heure est pourtant idéale pour se faufiler dans la maison. On est pratiquement sûr de n'y rencontrer personne. Ti doit être vexé. Il la prend pour une froussarde, eh bien, il va voir !

Tout doucement, la petite fille se glisse hors de sa chambre. *Il est impossible que Thotmès sache se rendre invisible.* Sur la pointe des pieds, Ankh traverse le salon aux divans bas. Puis la salle à manger meublée de guéridons et de nattes sur lesquelles on s'assied pour prendre les repas. Rien. Personne. Un silence inquiétant.

Ankh sort dans la cour ornée de plantes et de fleurs. Elle n'y trouve que Abi, le jeune singe de la maison, occupé à gratter ses puces.

En passant devant la chambre de Thotmès, Ankh y a jeté un rapide coup d'œil. Regard prudent et furtif, car le vieux scribe l'effraye. Il n'était pas chez lui.

Oui, Ti a raison ! D'étranges événements se déroulent à la Mata. Relevant les plis de sa tunique blanche brodée de fils d'or, Ankh court tout droit vers la piscine.

– Ti ! crie-t-elle. Ti ! Sors de l'eau ! On va discuter !

Aucune réponse. Son cousin boude. Ankh se penche au-dessus de l'onde bleutée sur laquelle se détachent les nénuphars blanc rosé. Une légère angoisse lui noue la gorge. Ti n'est pas là non plus.

Désemparée, la petite fille rejette en arrière ses longs cheveux noirs. Un silence pesant plane sur la Mata. La chaleur est beaucoup trop forte pour que Ti soit allé se promener sur les berges du Nil ou ailleurs… Qu'ont-ils donc tous à disparaître à la Mata ?

3
Thotmès

Que faire ? Est-il possible que Ti lui joue un tour et soit parti se cacher dans le vaste jardin ? Comme un bébé ? Après s'être vanté d'être désormais un homme ?

Ankh s'aventure lentement dans les allées. À l'ombre du haut mur qui entoure la Mata, deux jardiniers font la sieste. L'oncle Kafran a toujours préféré rémunérer des domestiques plutôt qu'entretenir des esclaves. Il affirme que ces derniers se vengent en volant les maîtres. Quoi qu'il en soit, les uns comme les autres se la coulent douce sitôt qu'on ne les harcèle plus à grands cris ou coups de fouet.

Elle s'approche des hommes. L'un d'eux ouvre un œil et se relève rapidement comme pour se remettre au travail. En voyant la petite fille, le voici rassuré.

– Tu cherches quelque chose, Ankh ? demande-t-il d'une voix paresseuse.

– Quelqu'un. Ti. Tu ne l'as pas vu ?

– Non.

– Thotmès non plus ?

– Thotmès ?

Cette fois, les deux jardiniers sursautent.

– Non, répond le premier.

– Et que les dieux nous évitent de le voir ! avoue l'autre, en ricanant. Un homme qui ne rit jamais et bougonne tout le temps !

Ankh réprime un sourire. Elle partage leur avis ! Comment se fait-il qu'il y ait des gens que tout le monde aime… et d'autres qui éveillent l'antipathie ?

– Bon… dit-elle en s'éloignant.

Quand elle se retourne, les deux lascars se prélassent à nouveau à l'ombre du mur. Ils ont de la chance. Ce doit être terrible d'être l'esclave d'un maître qui sur vous a le droit de vie et de mort. La punition à la mode est de leur jeter une grande bassine d'eau bouillante sur les jambes. En cas de révolte, on leur coupe tout simplement le nez et les oreilles. La plupart des esclaves sont des prisonniers de guerre ou des Nubiens. On les envoie souvent travailler dans les carrières ou à la construction des pyramides. Alors, leur existence est plus pénible encore.

Où est passé ce maudit Ti ?

La petite fille marche jusqu'à la porte du jardin. Est-il bien prudent de s'engager dans ce sentier qui serpente entre les champs de lin jusqu'aux rives du Nil ? La moisson ne va pas tarder, à en juger par cette mer de fleurettes bleues, et il y a peut-être du danger à se faufiler parmi les longues tiges.

Appuyée contre le porche en pierre, Ankh respire les odeurs de poissons frits, cuits sur des feux de bouse sèche. Ces effluves proviennent des cabanes de paysans construites en pisé et situées au bout des champs. À la Mata, on peut jouir des plaisirs de la campagne sans être pour autant loin de Thèbes. C'est une chance que l'oncle Kafran soigne les pauvres qui viennent réclamer ses soins à la Maison de la Vie. Médecin des gens riches, il se serait installé dans le quartier opulent perché sur les hauteurs de Thèbes. Les luxueuses villas qui entourent le palais de Pharaon offrent un contraste frappant avec le bas quartier populeux et malsain des quais de la ville.

« Ici, songe la petite fille, c'est presque le pays des dieux ! » Les villas sont suffisamment espacées les unes des autres. Les cultures de blé et de lin colorent la colline. On peut suivre le va-et-vient des bateaux sur le Nil et même apercevoir la Vallée des Rois où sont ensevelis les pharaons, sur l'autre rive du fleuve. Au-delà, s'allonge le grand désert d'où surgissent parfois des cohortes de nomades montés sur leurs chameaux.

Brusquement, la colère et la déception mouillent les yeux de Ankh. Ses épais cheveux noirs sont collants tant il fait chaud. C'était bien la peine d'enfiler sa plus jolie robe pour impressionner Ti ! Une tunique plissée, transparente, ornée de franges au bas des manches et serrée à la taille par une large ceinture de soie. Pendant des mois, elle a attendu ces vacances ! Et pour une peccadille, cet affreux garçon la laisse plantée là. En plein soleil ! Il est vrai… que c'est parce qu'elle le veut bien !

Indignée, elle tourne brusquement les talons et prend ses jambes à son cou. Ça manque sûrement de prestance, mais elle s'en moque. Si Ti était son esclave, elle lui couperait… la langue pour lui apprendre à dire des bêtises ! Sa générosité envolée, Ankh galope d'un trait jusqu'à la maison. Tête baissée, elle se rue dans le vestibule. Soudain, un personnage de haute stature émerge de derrière une colonne. Patatras ! C'est la collision !

– Par les dieux ! Tu as gardé ton caractère de bufflonne, Ankh ! s'écrie aimablement une voix métallique et sèche.

Deux mains vigoureuses la tiennent par les épaules. Ankh se tortille. Lève le nez. Thotmès !…

Impressionnant, le vieux Thotmès ! Grand, maigre, avec un visage osseux, un nez busqué comme celui d'un oiseau de proie, des cheveux coupés court, une barbe taillée au carré et entremêlée de poils gris, il braque sur elle ses yeux noirs profondément enfoncés dans leurs orbites. Il est vêtu d'un pagne. Un large collier d'or repose sur sa poitrine soigneusement épilée.

– Ça alors… bégaye-t-elle.

Les lèvres minces de Thotmès s'écartent en un sourire forcé.

– Quoi, « ça alors » ?

– Rien… rien…

C'est terrible d'avoir dix ans et de perdre si vite contenance devant les adultes. Ankh n'a qu'une envie :

se sauver. La voilà pourtant qui joint les mains sous le menton et le salue comme il se doit.

– D'où viens-tu ? reprend-il.

Les yeux perçants la scrutent. Thotmès sait lire dans les pensées, c'est sûr ! Elle n'a même pas l'âge de lui retourner la question ! Ni le désir de répondre à la sienne. Ce serait un comble.

– Je suis allée donner des graines de lotus aux paons.

Ce mensonge la ravigote. Pas pour longtemps. Le malaise grandit. Le regard du vieux l'hypnotise.

– Ne raconterais-tu pas n'importe quoi ? lance-t-il, sarcastique.

– Si, laisse-t-elle échapper.

Comme s'il se débarrassait d'un moustique importun, Thotmès lève la main.

– Dans ce cas, disparais de ma vue, dit-il.

Ankh ne se le fait pas répéter. Dans sa chambre, l'air lui paraît à nouveau respirable. Quel vilain bonhomme ! Elle s'allonge sur sa couche. Deux salamandres qui se poursuivent réveillent son inquiétude… À moins de tomber du ciel, Thotmès n'a pu regagner la maison, puisqu'elle se trouvait à la porte du jardin…

Ti est un misérable de l'avoir ainsi abandonnée… Mais il a raison. Thotmès a sûrement le don de se rendre invisible!

–Ooooh… gémit-elle, avant de s'endormir profondément.

•

–Alors, quoi? On ne dîne pas ce soir?

La voix sonore de l'oncle Kafran résonne dans le vestibule et réveille Ankh en sursaut. Il fait nuit. Comment a-t-elle pu dormir si longtemps? La peur. La colère.

L'émotion, voilà!

Une lampe à huile à la main, Keftiou se glisse dans la chambre.

–Eh bien, ma colombe, tout le monde t'attend. Ti n'est pas avec toi?

Ti? Pas encore rentré? Le cœur de Ankh bat très fort dans sa poitrine.

–Non… répond-elle seulement.

Engourdie, la tête lourde, la petite fille se dirige vers la salle d'eau pour se rafraîchir le visage et s'oindre d'huile de palme. Sa tunique est froissée. Elle entend Keftiou déposer la lampe sur la commode et s'exclamer:

–Je vais chercher Ti dans l'appartement réservé aux hommes. Il doit s'y trouver.

Hélas, quand la petite fille pénètre dans la salle à manger, Nefer et Kafran sont déjà installés sur leur natte, devant le guéridon qu'ils partagent. Thotmès est assis devant le sien. Il n'y a personne devant celui de Ti et de Ankh.

– Ton cousin va recevoir une raclée pour lui apprendre à se faire attendre, déclare Kafran lorsqu'elle se penche pour le saluer.

Il est de taille moyenne, trapu. Sa barbe noire, fournie et parfumée, est taillée comme celle du scribe. Son visage jovial adoucit toujours la brusquerie de ses discours. Le soir, il revêt une tunique de lin blanche, à peu près semblable à celle de son épouse.

–Tu es vraiment maigre, ajoute-t-il, tandis que Ankh se dirige vers sa tante.

–Cesse de l'ennuyer, riposte Nefer. Si tu aimes les femmes grasses, ne te moque pas des autres.

Et elle éclate de rire. Nefer est petite, menue, avec des lèvres passées au carmin. Ses bracelets tintent autour de ses poignets. Ce soir, elle arbore une perruque à la mode nubienne lancée par l'épouse de Pharaon. Des cheveux courts !

– Cela dit, où est Ti ? lui demande-t-elle.

Ankh hésite.

– Je ne sais pas. J'ai dormi tout l'après-midi.

Thotmès fronce les sourcils en empoignant une aile de volaille qu'il porte à sa bouche. Ses yeux se plissent.

– Tu n'as pas dormi tout l'après-midi, rectifie-t-il.

Elle frémit. Thotmès a-t-il appris par les jardiniers qu'elle le cherchait ? Heureusement, Nefer et Kafran ne semblent guère intéressés par cette précision.

Keftiou passe les plats. Ankh se sert de laitue. Inévitablement, Kafran braque l'œil sur son assiette.

– Prends de la viande et mange autre chose que des salades ou des graines de lotus.

– La laitue rend amoureux et Ankh est bientôt en âge de se marier, souligne sa tante en riant.

L'absence de leur fils ne semble pas les émouvoir outre mesure.

– Ah oui ? reprend Kafran en empoignant la cruche de bière. Quand donc es-tu née, fillette ?

Fillette ? Elle n'a plus quatre ans !

– Il y a dix ans, mon oncle. Le premier jour du second mois de l'Inondation.

Kafran hausse les épaules. Il enfourne la moitié d'un petit pain triangulaire et parvient quand même à s'exprimer :

– C'était un jour faste. Tu vivras donc longtemps, aimée et heureuse ! Et le prénom que les dieux t'ont choisi signifie que tu bénéficieras un jour du don de clairvoyance.

Ça, c'est intéressant ! Si seulement ça pouvait l'aider à retrouver son cousin et à percer le mystère de Thotmès ! Ce dernier a dévoré successivement deux pigeons et une aile de sarcelle.

L'anxiété de Ankh grandit au fur et à mesure que le dîner avance. Enfin, pour achever de lui couper l'appétit, son oncle se lance dans les détails d'une trépanation qu'il a effectuée cet après-midi même.

– Si dans trois jours mon malade vit encore, tu rédigeras le compte rendu de cette opération sur papyrus, Thotmès, précise-t-il.

– Les trépanés vivent rarement plus de trois jours, déclare le scribe avec cynisme. Pfuitt ! celui-là comme les autres verra son âme s'envoler par le nez.

Kafran lui lance un regard mécontent. Les progrès de la médecine sont miraculeux. Keftiou fait diversion en apportant des corbeilles de pastèques, des tranches de melons et un plateau de gâteaux au miel.

Hélas, sur la console, la clepsydre* égrène une nouvelle heure et Ti n'est toujours pas là. Jamais cette machine à eau qui indique la fuite du temps n'a autant angoissé Ankh ! Comment sa famille peut-elle discuter trépanations alors que Ti est peut-être en danger ? Rien ne serait arrivé si Ankh l'avait écouté…

Tout à coup, elle pousse un cri de joie :

– Ti !

Tous les regards convergent vers le jeune garçon qui, lui, a les yeux fixés sur Thotmès. Qu'est-ce qu'il a, Thotmès ? Du premier coup d'œil, Ankh découvre que Ti a dû largement se laver. Ses cheveux sont encore humides. D'où sort-il donc ?

– C'est à cette heure que tu arrives ? tonne son père.

– Excuse-moi, Père. J'arrive de Thèbes… J'ai rencontré des camarades d'école.

– Tu es un grossier personnage, énonce tranquillement sa mère.

– Oui, Maman.

Thotmès ne dit rien. C'est étonnant. Il ne loupe jamais une occasion de faire une remarque désagréable.

De plus, Ankh en mettrait sa main au feu, il évite même d'affronter les regards insistants de Ti.

Ti s'est assis.

– Je n'ai pas faim, Keftiou, chuchote-t-il à la servante.

« Oh ! Vite ! Que ce repas s'achève ! » pense Ankh, impatiente.

– Nous joueras-tu un peu de sistre* ce soir, ma chérie ? lui demande sa tante.

La petite fille a envie de hurler.

– Me pardonneras-tu si je me couche de bonne heure ? dit-elle cependant d'une petite voix soumise.

– Encore dormir ? tonne son oncle, ahuri. Ne veux-tu pas faire une partie de « serpent » avec ton cousin ?

Le serpent consiste à faire avancer ses trois pions en forme de lionne dans les cases dessinées sur le guéridon.

– Je… Je perds toujours, avoue-t-elle.

Un éclat de rire accueille sa déclaration.

– Dans ce cas, petite, je te permets de te retirer… pour aller te rendormir !

•

Quelques instants plus tard, Ti la rejoint dans le vestibule.

–Nous avons un compte à régler tous les deux… commence-t-elle.

–Ne sois pas stupide et suis-moi dehors ! rétorque-t-il avec autorité.

Il la prend par le bras et l'entraîne vers la piscine. Dans l'obscurité, cet endroit est sinistre. L'eau devient glauque et des grenouilles y coassent.

–De quoi as-tu peur ? demande Ti, en sentant trembler le bras de sa cousine.

Il est terriblement excité. Le jeune garçon a fait une découverte capitale. Ankh est la seule à laquelle il peut se confier.

–Pourquoi m'emmènes-tu si loin ? proteste-t-elle. Tu pourrais au moins me dire où tu étais cet après-midi ? As-tu rencontré des ennuis… plutôt que des amis ? Est-ce que…

–Par pitié, Ankh, passons à l'essentiel !

C'est bien d'une fille d'exiger qu'on lui raconte tout en détail ! Il a complètement oublié leur dispute !

–Tu vois ces rochers ? reprend-il.

Ankh écarquille les yeux. La nuit est étoilée, mais la lune en est à son premier quartier. Voilà que Ti l'entraîne vers une masse sombre. Un amas de pierres et de rocailles masqué par des buissons.

–Oui… et alors ? Où veux-tu en venir ?

–Il y a là un souterrain. C'est l'unique explication. J'ai fouillé partout. Nulle part, il n'y a la moindre issue à la Mata. Je l'ai compris en voyant Thotmès ce soir…

Thotmès ! Encore !

–Mais, il était à la Mata cet après-midi, proteste Ankh.

–Il n'y était pas. Je l'ai suivi sur la colline. Il s'est dirigé vers une tombe abandonnée. Puis il a disparu. Je l'ai attendu jusqu'à ce que je me décide à rentrer à la maison. Tu comprends, maintenant ?

Ankh lève la tête vers son cousin. Il semble satisfait et ses dents luisent dans l'obscurité.

–Pas du tout, avoue-t-elle.

À son tour, la petite fille lui raconte les avoir cherchés. Lui… et Thotmès. Ainsi donc, ils étaient ensemble !

–Cependant, termine-t-elle, j'ai vu surgir Thotmès dans le vestibule. Et je t'assure qu'il n'était ni dans la maison ni dans le jardin, une heure avant.

–Quand je t'ai quittée, Ankh, je suis en effet parti vers la piscine. Thotmès s'y trouvait. Il a eu l'air ennuyé de m'y voir. Tellement ennuyé qu'il a éveillé mes soupçons. C'est la raison pour laquelle je l'ai suivi.

–... Et en ne le voyant pas revenir, tu en as déduit qu'il avait quitté le tombeau par un souterrain?

–Évidemment.

–Et que la sortie de ce souterrain se trouvait peut-être ici?

–Sûrement ici.

–Mais que faisait-il dans ce tombeau?

Ce tombeau solitaire est vieux de deux siècles. Jadis, le propriétaire d'une plantation y avait été enseveli. Selon la coutume, un prêtre veillait à son entretien. Puis, le temps ayant passé, les terres avaient été morcelées et le tombeau du riche propriétaire, abandonné.

Ti plisse les paupières.

–C'est à nous de le découvrir... répond-il, lentement.

Le danger ne paraît pas l'effleurer, mais Ankh frissonne de plus belle.

–De quoi as-tu peur? répète Ti.

–Je n'ai pas peur, j'ai... froid.

Ti ne répond pas. Il sait très bien qu'il n'en est rien, quoique les nuits soient aussi froides que les jours sont torrides.

–Rentrons nous coucher, dit-il.

Sur le seuil de la chambre, il chuchote:

– Sois prête très tôt demain matin. Je passerai te prendre de bonne heure.

Il s'éloigne en sifflotant. Ankh serre ses amulettes contre son cœur. Il faudra bien que les dieux les protègent, puisque Ti refuse de mettre ses parents au courant…

4

Le tombeau oublié

Ce sont les paons criaillant dans le jardin qui font sauter Ti au bas de sa couche. Il ne tient pas en place. Râ, le soleil, se lève sur un jour neuf. Le benjamin de la famille va leur montrer à tous de quelle bouse il se chauffe ! Lui, le petit crétin de la couvée, va découvrir les manigances du vieux Thotmès.

À pas de loup, Ti passe devant la chambre de son père. Comme à l'habitude, Kafran s'est fait apporter un énorme petit déjeuner : tranches de viande froide, bière et petits pains. Thotmès, qui lui sert aussi de barbier et de manucure, est penché sur les mains soignées de Kafran. Un médecin doit avoir des ongles impeccables.

Nefer se lève plus tard. Le premier repas est le seul que chacun prend isolément. Pendant que Keftiou passera de longues heures à la masser et l'oindre d'huile de palme, Nefer mangera délicatement le petit déjeuner déposé dans son cabinet de toilette.

Ti est presque arrivé dans la cuisine, lorsque Neb se met à aboyer. Abi, attaché au dossier du fauteuil de Kafran, tire sur sa chaîne en poussant des cris aigus. Tous deux vont donner l'alarme !

– Stupides bêtes… monologue Ti.

Puis, le remords l'envahit. Il vient de blasphémer. Précipitamment, il effleure ses amulettes. Que les dieux lui pardonnent !

Chacun d'eux n'est-il pas représenté par un animal ? Abi et Neb seront ensevelis dans le cimetière des bêtes, après avoir été momifiés. Aussi, ont-ils droit au respect. Le dieu Thot, protecteur des scribes, est symbolisé par un singe. Abi et Thotmès devraient faire bon ménage !

Personne dans la cuisine. Vite, Ti s'empare d'un grand panier d'osier et y entasse des oignons, des mangues, deux tranches de viande froide avec des petits pains et des gâteaux au miel.

Devant l'appartement des femmes, Ankh trépigne d'impatience.

– Tu en mets du temps !

–Qui a pensé au petit déjeuner, hein ? riposte Ti.

–D'accord. Je ne vais pas pour autant me couvrir la tête de cendres pour marquer mon désespoir ! persifle-t-elle.

–Tu le devrais. Tu as dormi sur tes deux oreilles ?

Sa cousine a un rire narquois.

–À moins d'avoir les oreilles sur la nuque, je ne vois pas comment dormir sur toutes les deux à la fois !

Ti hausse les épaules. Ce que les filles peuvent être irritantes !

–Filons, conclut-il.

Quelques minutes plus tard, les voici sur un petit sentier désert. Il fait encore frisquet. Ankh aspire avec délice une grande bouffée d'air frais. Les touffes de roseaux et de lotus scintillent sous la rosée. Au loin, une paire de vaches tire une charrette. Comme Ankh n'a jamais voyagé, son pays lui semble le plus beau du monde.

–J'aimerais bien avoir toujours dix ans, murmure-t-elle, songeuse.

Sans doute pense-t-elle, en disant cela, aux pyramides qui sont si vieilles et qui semblent vouées à l'éternité.

Il lui lance un coup d'œil de biais.

–Moi, j'aimerais surtout manger, j'ai faim.

Argument peu poétique. Mais le tombeau est encore loin derrière la colline et Ankh aussi sent un creux au fond de son estomac.

–Arrêtons-nous ici, déclare-t-elle.

Elle s'assied sur une grosse pierre. Un instant plus tard, elle mord dans un morceau de gâteau. Peuh ! Il est rassis. Un oignon dans une main, une tranche de viande froide dans l'autre, Ti dévore. Hélas, les relents de son oignon chassent les douces senteurs du petit matin.

–Ça empeste… gémit la petite fille.

–Tant mieux, répond Ti la bouche pleine. Ça va chasser les moustiques…

–… et attirer les mouches, renchérit-elle.

Agressives, elles bourdonnent en effet autour de leur visage. Soudain, avant que Ankh comprenne ce qui lui arrive, Ti se précipite sur elle, et la tire si brusquement par le bras que, déséquilibrée, elle roule sur le sol. Sa tunique est couverte de poussière. Elle se redresse, furieuse.

–Tu es fou ? Mon coude est écorché…

–Moindre mal !

Il tend le doigt vers un… scorpion, queue redressée et menaçante ! Il se trouve sur la pierre où Ankh était assise. Elle frémit. Une seule piqûre, et Ankh se serait retrouvée dans le Pays du Couchant.

– Nous… Nous devrions rentrer à la maison… bégaye-t-elle. Ceci est un mauvais présage.

Ti est troublé. On devrait en effet respecter ces augures. Son pain est tombé par terre. Son oignon s'est envolé. La journée s'annonce mal.

– Mmmm… fait-il.

– Qu'est-ce qu'on décide ?

– Décide toi-même, dit son cousin.

Ankh réfléchit. Ce jour n'est pas une date néfaste… Elle serre ses amulettes.

– Je promets d'aller déposer une petite offrande au Temple si tout se passe bien. On continue.

Ouf ! Ti est soulagé. Ils ont toujours fait fameuse équipe, Ankh et lui. Quand ils étaient petits, Nefer se croyait obligée d'inviter les petits voisins pour les distraire. Tu parles ! Que de jeux stupides ! L'un d'eux consistait à se diviser en deux clans. On se tenait par l'épaule, à la queue leu leu. Les deux premiers de chaque file devaient ensuite s'affronter à mains nues jusqu'à ce que l'un d'eux tombe par terre. Très vite,

Ti et Ankh ont jugé qu'ils s'amusaient beaucoup plus tous les deux.

Ankh rassemble les restes du pique-nique. Une idée la turlupine.

– Donc… Thotmès ne se rend pas invisible. Il utilise seulement un souterrain.

– C'est sûr.

La petite fille pousse un soupir. Dommage. Le surnaturel lui plaisait davantage. La réflexion de son oncle lui revient en mémoire.

– Ton père m'a dit que j'aurais bientôt un don de clairvoyance, tu le savais ?

– À cause de ton prénom ?

– Oui.

Pragmatique, le jeune garçon hausse les épaules.

– Passionnant, vraiment ! Mais, comme pour l'instant, tu n'as aucun don, on est bien obligés d'aller voir par nous-mêmes ce qui se passe là-bas !

Ankh n'insiste pas. Ti est décevant. Rien ne l'impressionne, hormis sa propre imagination !

Ils reprennent donc le chemin du tombeau. Ti porte le panier et se sent une âme de protecteur. Toutefois, il est rudement content que sa cousine l'accompagne. Seul, il ne sait pas trop s'il se serait lancé dans l'aventure… En arrivant devant l'édifice, Ankh se rapproche de lui. Pas trop rassurée.

Il est vrai que les alentours sont sinistres. Des caillasses. Du sable. Râ, le soleil, qui darde ses rayons sur les vieilles pierres blanchies par le temps. L'âme de l'inconnu qui dort dans ce mausolée ne va-t-elle pas se fâcher de leur intrusion ?

Ici, c'est toujours le domaine des dieux. Assis devant une colonne de marbre, Anubis monte la garde. Représenté par un chien, Anubis est chargé de peser le cœur des hommes dans le Pays du Couchant, afin de connaître le poids de leurs bonnes et mauvaises actions.

Joignant respectueusement leurs mains sous leur menton, Ankh et Ti s'inclinent et le saluent.

– Peut-être pourrions-nous lui offrir les restes de notre déjeuner ? chuchote Ankh.

(Après quelques jours, voyant que les dieux n'y touchent pas, les prêtres et les mendiants en font leur festin.)

– Sûrement pas, rétorque Ti, catégorique. Thotmès serait le premier à le découvrir !

Puis, gonflant sa poitrine, il avance sans sourciller dans la petite cour qui entoure l'édifice.

–Ne t'inquiète pas pour les dieux, lance-t-il par-dessus son épaule. Nous ne faisons rien de mal. Ils sont avec nous!

Ankh s'apprête à le suivre. Ses mains sont moites. Elle les essuie sur un pan de sa tunique. Ti commence à examiner soigneusement les pierres.

–Reste où tu es, Ankh. Imagine que je trouve le passage secret et que je tombe dans le souterrain... Tu pourrais alors avertir la famille.

«Dans quelle aventure se sont-ils lancés?» songe-t-elle alors que Ti entre dans le mausolée.

–Heu... es-tu bien sûr qu'il existe, ce souterrain? demande-t-elle d'une voix chevrotante.

La voix de Ti lui paraît plus lointaine.

–Trouve donc une autre explication aux va-et-vient de Thotmès. Il y a plusieurs siècles, le pays était en guerre et les souterrains étaient d'excellentes cachettes...

Ses derniers mots sont à peine audibles.

–Ti?...

Le silence.

–Ti?... appelle-t-elle plus fort.

Ô les dieux! Faites quelque chose! Une sueur froide dégouline dans son dos lorsqu'un gémissement suivi de pleurs s'échappe des pierres hostiles. Ti a dû tomber. Se blesser. Peut-être est-il prisonnier des dieux ou de l'âme de cet inconnu !

– Ti… Réponds, je t'en supplie… Que t'est-il arrivé ?…

Surmontant la peur intense qui la paralyse, la petite fille s'élance à son tour. À cet instant, un visage couleur de cendre surgit du mausolée. Celui de Ti. Décomposé par l'angoisse.

– Ti… tu… tu pleures ? bégaye-t-elle.

Il secoue la tête. Le choc qu'il vient d'éprouver est tel que les mots demeurent coincés dans sa gorge. Il passe une main tremblante sur son front, le temps de rassembler ses idées. Puis, lentement, ses joues reprennent des couleurs et il murmure :

– Ankh… ce n'était pas *moi* qui gémissais !

Alors – toute bravoure mise à part – Ti s'empare de la main de sa cousine et l'entraîne en courant sur le sentier. Le cœur battant à tout rompre, les tempes bourdonnantes, tous deux ont l'atroce impression d'être poursuivis par ces gémissements et ces pleurs.

5

Le piège se referme

Devant le portail de la Mata, Ti et Ankh s'arrêtent. Échevelés, cramoisis, sales, poussiéreux, essoufflés.

–Eh bien… te voilà belle ! constate Ti.

–Tu n'as rien à m'envier, balbutie sa cousine.

–Keftiou va nous poser des questions si elle nous voit ainsi.

–Exceptionnellement, tu as raison, ironise Ankh, en essayant de surmonter sa peur.

Elle essuie délicatement ses yeux. Le khôl a dégouliné sur ses joues. Ti n'est pas en meilleur état. Il utilise ce fard pour se protéger de la poussière, tandis que Ankh s'en sert surtout pour rendre son regard plus profond et plus joli.

–Descendons nous reposer sur les berges du Nil, ajoute-t-elle.

Quelques minutes plus tard, ils se laissent tomber dans le trèfle épais qui recouvre le sol. Devant eux, installés dans leur esquif de roseaux, des pêcheurs attendent patiemment qu'un clarias, ou mieux encore un oxyrhynque*, morde à l'hameçon.

Tous deux observent ce tableau paisible. Leurs pensées sont identiques !

–Ce n'était pas la voix de Thotmès, dit le jeune garçon.

–Les dieux se fâchent mais ils ne pleurent pas, renchérit Ankh.

–Il s'agissait d'un enfant, c'est sûr, avoue Ti.

Ankh sursaute.

–Dans ce cas, pourquoi as-tu eu si peur ?

Ti la fusille des yeux.

–Et toi ? Tu n'as pas eu peur ?

Ti a toujours eu un toupet monstre. Mais cet été, il bat tous les records ! Soudain, un détail lui revient en mémoire.

–Le panier ! s'écrie-t-elle.

Ti ouvre des yeux ronds.

–Quoi… le panier ?

La petite fille marque un point.

– A-t-on jamais vu plus étourdi que toi ? Tu n'as qu'une graine de lotus en guise de cervelle ! La déesse Hathor n'était sûrement pas présente à ta naissance ! C'est toi qui étais responsable de notre panier… et tu l'as oublié devant le tombeau !

Cette fois, elle lui a cloué le bec. Ti devient rouge comme une tomate.

– Euh… c'est vrai, bredouille-t-il.

Ankh bondit sur ses pieds, les poings sur les hanches.

– C'est tout ce que tu trouves à dire ? Mais, c'est terrible, mon pauvre Ti ! Thotmès va le découvrir ! Il ne tardera pas à savoir que nous sommes sur ses traces. À ta place…

– Ça suffit ! l'interrompt-il. Tes paroles ne sont que bourdonnements de mouche à mes oreilles !

(Ainsi parle Kafran quand Nefer vitupère contre Keftiou.)

– Hé ! n'imite pas ton père ! persifle Ankh, furieuse.

– Et toi, ne singe pas Maman !

Face à face, le cou tendu, le visage indigné, les voici comme Neb et Abi quand ils s'asticotent. Le panier est oublié. Thotmès aussi.

–J'aurais aussi bien fait de rester à Memphis ! explose la petite fille.

–Eh bien, tu n'as qu'à y retourner !

À peine a-t-il formulé ces paroles que Ti demeure pétrifié. Ah non, elle ne va pas le laisser seul ! Les yeux noirs de Ankh lancent des éclairs. Vite, il la serre dans ses bras. Trop fort. Quand ils veulent se séparer, leurs amulettes s'emmêlent. Ça fait diversion. L'orage est passé, et ils éclatent de rire.

Ankh est la première à recouvrer ses esprits.

–Le panier… reprend-elle.

–Il faut aller le rechercher, soupire Ti.

Aussitôt l'angoisse est de retour. Sans la présence de l'autre, aucun des deux n'aurait le courage de revenir sur ses pas.

Ils le font malgré tout.

Leur cœur bat à tout rompre lorsqu'ils aperçoivent le tombeau. Le soleil est déjà haut, la chaleur, lourde et humide. Ankh a soif. Ti avait oublié d'emporter de la bière. Leurs lèvres sont sèches. Quelques mangues seront les bienvenues !

Les lieux leur paraissent déserts sous ce soleil de plomb. De gros lézards somnolent. Ils guettent les petits serpents prudemment blottis sous les pierres.

Normalement, des nuages de mouches devraient voler autour des provisions. Mais il n'y a ni mouches… ni panier.

– Où l'as-tu laissé ? demande Ankh, de plus en plus anxieuse.

– Devant le mausolée, je crois…

– Il n'y est pas.

Ti déglutit avec difficulté.

– Il n'y est… plus.

Le silence qui règne ici est encore plus oppressant que les gémissements et les pleurs entendus tout à l'heure.

– Cherchons-le encore, murmure Ankh.

– C'est inutile… Quelqu'un a dû l'emporter.

– Qui… ?

Il ne répond pas. Ils ont tous deux le même soupçon. Le vieux Thotmès a dû passer par là. Désormais, il sait.

– Allons-nous-en ! s'écrie Ankh, terrorisée.

– Non, répond Ti en hochant la tête.

Il s'obstine. On ne va pas céder à la panique une seconde fois. Résolument, il pénètre dans le mausolée. Il fait sombre dans cette pièce uniquement gardée par les dieux de pierre. Ankh l'a suivi et maintenant elle regarde les détails des fresques peintes sur les murs. Il y a des oiseaux multicolores, des guirlandes de fleurs, un fleuve qui symbolise le long voyage de l'inconnu qui dort ici. Soudain, elle tressaille.

– Viens voir…

Ti s'approche. Ankh effleure le mur.

– Regarde cette rainure. Elle est beaucoup plus large que les autres. La pierre dépasse un peu…

– Ce tombeau est vieux. Peut-être est-il sur le point de s'écrouler ?

– Sûrement pas. Il a été construit pour durer des siècles.

Au même instant, ses doigts appuient sur la rainure. Avant qu'ils aient le temps de comprendre ce qui leur arrive, la dalle sur laquelle ils se tiennent bascule. La surprise leur fait perdre l'équilibre. Ils culbutent tête la première dans un escalier étroit et noir. La chute leur paraît interminable. Un déclic leur révèle que l'ouverture vient de se refermer derrière eux.

6

Prisonniers des ténèbres

La dégringolade achevée – sans doute, Ankh et Ti ne pouvaient-ils descendre plus bas ! – ils se retrouvent dans l'obscurité totale. L'un sur l'autre. Comme deux paquets de linge sale !

–Ankh… tu n'es pas blessée ?

Sa voix résonne. La grotte doit être vaste.

Ankh essaye de se dégager.

–Non… Ça va… Mais, ôte ton genou de mon épaule.

Avec un peu de lumière, ce serait plus facile !

–Aïe ! Tu viens de m'envoyer ton coude dans le menton !

–Évidemment, tu écrases ma main !

Ils parviennent à se redresser. Les bras lancés en avant, ils tâtonnent à la recherche d'un mur. Ankh se raccroche à son cousin. Ils n'ont pas fait trois pas qu'ils s'écroulent à nouveau.

– Ce que tu peux être maladroit !

– Je fais ce que je peux...

Puis, Ti a une parole malheureuse :

– Regarde donc où tu mets les pieds...

– Très drôle... ricane sa cousine.

C'est le noir complet ! Pas un point de repère ! Ils écarquillent les yeux, en haut, en bas, à droite, à gauche avec l'impression d'avoir perdu la vue.

Ankh se met à trembler. Ti fait des efforts pour ne pas en faire autant.

– Je suis là... n'aie pas peur... murmure-t-il en raffermissant sa voix.

– Eh bien, moi, j'ai peur !

– Du calme... On va s'en sortir...

– S'en sortir ? Tu sais, toi, où se trouve justement la sortie ? gémit la petite fille.

Décidément, ils ont l'art de choisir les mots ! Fébrile, Ankh s'accroche à son cou. Ti détache ses mains d'un geste ferme.

– Lâche-moi, Ankh. Ne bouge pas de cet endroit et laisse-moi chercher un mur.

–Jamais de la vie ! Je ne veux pas que tu m'abandonnes ! Il n'y a aucun mur ! Ce sont les dieux qui se vengent ! Ils nous ont punis ! Ils…

–Eh bien, si les dieux l'ont voulu, ils veulent maintenant savoir comment on va s'y prendre pour se tirer de ce mauvais pas. On ne peut tout de même pas s'asseoir et attendre !

–Si ! s'obstine Ankh, d'une voix aiguë.

–Ne dis pas de bêtises.

–Tu vas tomber dans une oubliette !

–Tu préfères mourir emmurée ?

–Non ! hurle-t-elle.

Leurs paroles résonnent, répercutées par l'écho. C'est encore plus effrayant.

–Je n'aurais pas dû t'entraîner dans cette aventure, murmure Ti.

Il n'en faut pas plus pour calmer Ankh. Quoi ? La tenir à l'écart ? D'un seul coup elle se calme.

–Je m'assieds là. Je ne bouge pas. Je t'attends, déclare-t-elle d'un ton pas trop convaincu, malgré tout.

–Très bien.

Assez de culbutes dans l'escalier ! Ti préfère marcher à quatre pattes. C'est plus prudent. Il a tout de Neb en quête d'un os ! Tant pour briser cet horrible silence que pour indiquer à Ankh où il se trouve, le jeune garçon se met à chantonner.

–Lalala… lalala…

Le sens du ridicule ne lui échappe pas, mais bien entendu sa cousine en rajoute :

–Tu chantes faux.

–Merci. Écoute, je n'ai jamais apprécié la présence de Thotmès, mais si, tout à coup, il surgissait, je serais rudement content !

–Pas moi.

Il cesse de chantonner. Mieux vaut parler.

–On va peut-être trouver un trésor… Et si Thotmès était seulement un pilleur de tombeaux ?

Ankh s'arrête de respirer. Quelle horreur ! Quoique gardée nuit et jour par des soldats et des prêtres, la Vallée des Rois est continuellement pillée par des voleurs. Quand on parvient à les prendre sur le fait, on commence par leur couper le nez et les oreilles, avant de les envoyer dans des carrières de pierre ou de granit en plein désert.

–À son âge, Thotmès ne serait pas assez naïf pour se risquer à piller des tombeaux… dit-elle.

–Aïe ! hurle à cet instant Ti.

–Quoi ? Qu'est-ce qui se passe ?

– Je… oh ! là, là ! une muraille…

– Magnifique !

– Tu parles ! Je viens de me cogner la tête ! J'avais déjà les genoux en sang…

C'est sûrement égoïste et cruel, mais Ankh s'en moque un peu. Un mur ! Enfin !

– Continue de parler, Ti, je vais me diriger vers toi.

– Ouais… mais que veux-tu que je te raconte ?

– N'importe quoi, comme d'habitude.

Comme Ti ne peut pas la voir et qu'elle n'a pas davantage envie de tomber une troisième fois, la voici également à quatre pattes.

Elle ne tarde pas à le rejoindre.

– Ouf ! Et maintenant, qu'est-ce qu'on fait ?

– Nous allons longer le mur. Il mène forcément quelque part.

L'angoisse revient. Ankh gémit.

– Quelque part ? Nous allons peut-être tourner en rond pendant des heures s'il n'y a pas d'issue !

– Cesse de voir tout en noir, veux-tu ? fulmine-t-il.

– Je ne vois que du noir… Comment pourrais-je faire autrement ?

Cette fille est exaspérante.

–Tu n'avais qu'à rester à la maison, à coudre dans la lingerie avec Keftiou, comme il se doit pour une jeune fille !

Piquée au vif, Ankh riposte aigrement :

–Quand on veut jouer les explorateurs, on ne se contente pas d'emporter seulement de quoi manger ! On se munit d'une lampe à huile !

Manger ? Boire ? Tous deux meurent de faim et de soif. Ankh se mord les lèvres. Elle n'aurait pas dû mentionner ce panier plein de provisions. Disparu on ne sait où !

–Tu aurais peut-être aussi souhaité deux chameaux pour porter notre matériel ? ironise-t-il.

Ankh éclate de rire.

–Deux chameaux ? Justement, nous devons leur ressembler à marcher ainsi à quatre pattes, le cou tendu !

La comparaison n'est pas flatteuse. Mais Ti est brusquement secoué d'un fou rire nerveux. Tout à coup, celui-ci s'étrangle dans sa gorge…

–Oooooh… soufflent-ils en chœur.

Très loin devant eux, vacillante, fantomatique, une petite lueur tremblote.

Elle va… elle vient… On dirait que quelqu'un la tient à la main.

– Nous… Nous sommes dans un souterrain et non dans une pièce… murmure Ti.

Ankh ne répond pas. Pétrifiée, elle fixe cette faible lueur mouvante. Qui la tient à bout de bras ?

7

Le mystère s'épaissit…

– Il faut aller voir de quoi il retourne… dit enfin Ti.

– Tu… crois ?

– J'en suis sûr.

Les mains pressées sur son cœur, Ankh voudrait en comprimer les battements. Elle a chaud. Elle a froid. Que ne donnerait-elle pas pour se retrouver tout de suite à la Mata ! Même les jours où elle s'est un peu ennuyée lui paraissent délicieux. Même passer l'été dans la sombre boutique de son père n'aurait pas été pire que se retrouver dans ce souterrain !

Ti serre ses amulettes sur sa poitrine. Ils n'avaient que de bonnes intentions. Les dieux ne leur veulent certainement aucun mal.

Au fond du souterrain, la petite flamme vacille toujours. Elle semble les inviter à la suivre. Ti pose la main sur l'épaule de sa cousine. S'il s'agissait d'une torche, elle aurait éclairé les parois et… celui qui la tient. Hélas, ce n'est sans doute qu'une lampe à huile… Où veut-on les attirer ? Un guet-apens ? Ti repousse cette idée. Il aurait été beaucoup plus facile pour cet inconnu de les laisser se perdre…

Debout, s'aidant de la paroi pour ne pas tomber, Ankh et Ti font un pas après l'autre. Écarquillant les yeux. Aux aguets.

Hormis le bruit de leur respiration, le silence est total.

– Ankh… chuchote-t-il, au fur et à mesure qu'on avance, j'ai l'impression que la lumière recule…

– Oui…

Qui écoute leurs paroles ? Sous leurs pieds, le sol est uni, taillé dans le roc. Il fait trop sombre pour savoir ce que recèlent les murs de pierre. Brusquement, la lumière disparaît.

– Oh non… gémit Ankh.

– Regarde… il y a encore une faible lueur… Je pense que le souterrain forme un coude… C'est tout.

La marche devient plus périlleuse encore.

–Et si nous parcourions sous terre, le chemin qui mène à la maison ? reprend Ti.

Ankh frissonne. Le trajet lui paraît infini. Ti a la gorge nouée. Il se fait d'amers reproches. Jamais il n'aurait dû mêler sa cousine à cette équipée !

Dans l'intervalle, sa suggestion se révèle juste. Il y a un coude dans la galerie, car de nouveau la petite flamme danse devant eux.

Ils ont l'impression de marcher ainsi des heures durant ! Tout à coup, Ti n'en peut plus. Il s'arrête et crie d'une voix enrouée :

–Qui es-tu ? Montre-toi !

Ankh s'affole.

–Mais tais-toi, voyons !

–Non ! Je veux savoir où on nous conduit !

La lumière aussi s'immobilise. L'inconnu les écoute.

–Réponds ! reprend le jeune garçon.

Rien. Le silence.

–Thotmès ! Thotmès ! se met alors à crier Ti.

Ce ne peut être que lui. Maintenant, il en est sûr. Quelles sont les intentions du vieux scribe ?

Les voûtes se font les porte-parole de ses appels. Puis, la lumière s'éteint.

–C'est malin... gémit Ankh. Nous voilà bien avancés.

Que vont-ils devenir maintenant ?

– Thotmès… Cesse ce manège…

À cet instant, un éclat de rire résonne sous les voûtes. Ce n'est certainement pas celui de Thotmès… C'est un rire clair, voire même enfantin, suivi d'un déclic. Puis du bruit d'une pierre qui roule. D'un seul coup, la lumière du jour jaillit devant eux.

Sans demander leur reste, Ankh et Ti s'engouffrent dans l'ouverture et quittent ce lieu maudit.

Aveuglés par le soleil, ils ne réalisent pas tout de suite où ils se trouvent.

Des nénuphars bleus. Un buisson de mandragores. Un grand sycomore dont le feuillage caresse l'eau du bassin ! Bref, un décor familier ! Les voici de retour près de la piscine de la Mata.

Ti se précipite sur l'amas de rochers qui garde le secret de l'entrée du souterrain.

Le front dans les mains, Ankh balbutie :

– On a rêvé… c'est sûr…

Son cousin se retourne, furieux.

– Et mes genoux écorchés ! Et ma tunique en lambeaux ! C'est aussi un rêve ?

L'aspect de sa cousine ne vaut guère mieux. Si elle pouvait se voir ! Barbouillée de poussière et de khôl.

Une égratignure balafre sa joue. Voilà qui va être difficile à cacher à la famille ! Ankh semble pétrifiée. Il suit son regard.

–Ça alors… bégaye-t-il.

Posé en évidence devant un massif de lotus : le panier ! Leur panier ! Seulement, il est vide. Toutes les provisions ont disparu.

Comme ils s'en approchent, ils aperçoivent au fond un petit bijou suspendu à une chaîne. C'est un scarabée d'or dont les deux pattes avant serrent une minuscule boule d'or, symbolisant le soleil.

–Le dieu Khépri… murmure Ankh.

Le dieu Khépri est toujours représenté par un scarabée. Dieu du soleil. De la résurrection. De la vie.

–Quel est le sens de ce message ? murmure Ankh.

Ti fronce les sourcils.

–Ce n'est pas un hasard, Ankh. On nous a vus dégringoler dans le tombeau… On nous a dirigés vers la sortie en allumant cette lampe… On connaissait aussi le mécanisme du passage secret…

–… On a gémi ce matin et on a ri ensuite, renchérit la petite fille.

–Oui… Mais c'est qui « on » ?

Ils en sont à la case départ.

–Un enfant que Thotmès retient prisonnier ? suggère Ankh.

Son cousin lui lance un regard apitoyé.

–Ma pauvre petite, tu délires ! Pourquoi demeurerait-il prisonnier alors qu'il connaît le moyen de sortir de ce souterrain ?

C'est vrai, mais Ankh est vexée. Thotmès ne peut être que coupable. Et c'est d'autant plus facile de l'accuser, qu'il n'y a que lui qui paraît et disparaît autour du tombeau !

–Thotmès est dans le coup, s'obstine-t-elle.

–Je le crois aussi. Mais je n'en saisis pas la raison.

Ankh, pas davantage.

–Rentrons vite nous laver et changer de vêtements, conclut-elle.

C'est peut-être un jour faste, puisque les voilà sains et saufs, mais il n'en reste pas moins qu'ils ont la malchance de rencontrer Keftiou dans le vestibule.

La vieille femme s'arrête net. Écarquille les yeux. Et, simulant un profond désespoir, fait mine de s'arracher les cheveux. En même temps, c'est un déluge de reproches.

–Que les dieux me servent de témoins ! Dans quel état vous voilà ! Avez-vous combattu des Hittites, par hasard ? Ti, ton pagne est bon à frotter le carrelage ! Et toi, Ankh, n'as-tu pas honte à ton âge de te promener en guenilles ? Vous ne me réjouissez ni le cœur ni les yeux ! Tes neuf chenapans de frères, Ti, m'ont donné moins de mal !

Elle s'interrompt, faute de souffle. Plonge sa main dans son aumônière et avale coup sur coup trois pastilles de jujube. Ankh et Ti la regardent d'un œil complaisant. Les colères de la vieille servante ne sont pas dangereuses. Au contraire. Souvent, elles lui font oublier l'objet principal de sa fureur. Hélas, pour l'instant, ce n'est pas le cas.

– Où étiez-vous ? reprend-elle en se penchant vers eux.

– Dans les mines de pierre ! rétorque Ti, yeux dans les yeux.

– Ne sois pas impertinent, veux-tu ?

Ankh a un rire nerveux. À une nuance près, c'est vrai, ils se trouvaient dans les entrailles de la terre. La vérité n'est pas payante. La semi-vérité, encore moins.

– Nous nous sommes interposés entre deux hippopotames qui se battaient sur les bords du Nil, déclare alors Ti, imperturbable.

Ces combats sont monnaie courante. Mais Keftiou est furibonde. Elle lève la main. La gifle demeure en suspens. Ils sont trop grands !

– Filez, lance-t-elle. Mon oie rôtie est déjà brûlée. Tant pis pour vous, ce sera votre déjeuner. Heureusement que Nefer est allée déjeuner en ville !

Étonnée de s'en être tirée à si bon compte, Ankh échange un coup d'œil avec son cousin.

– Thotmès n'est pas ici ? s'enhardit-elle.

– Évidemment non, puisqu'il a conduit Nefer à Thèbes. Il voulait ensuite se rendre au marché pour acheter une palette neuve incrustée d'ivoire pour y attacher ses feuilles de papyrus ! Quel luxe ! Et puis des calames pour écrire et de la gomme et de l'ocre et…

Keftiou se penche pour les dévisager.

– Dites-moi… Il semblerait que vous vous intéressiez drôlement à Thotmès depuis quelque temps ? Serait-il, par hasard, votre nouveau petit camarade de jeux ?

Satisfaite de leur mine effarée, Keftiou s'éloigne en balançant les hanches.

8

Les menaces de Thotmès

Lorsque Ankh entre dans sa salle d'eau, le reflet que lui renvoie le miroir la fait éclater de rire. Rien d'étonnant à ce que la pauvre Keftiou en ait eu les sangs retournés. De grandes traînées noires sous les yeux. Du sang séché sur les joues. Des cheveux gris de poussière !

Habituée à se laver plusieurs fois par jour à cause de la chaleur et des insectes, elle offre un aspect des plus étonnants ! Si son père la voyait ainsi !

Dans la cuvette de marbre, Ankh verse de l'eau additionnée de sels de natron contenus dans le gracieux vase à bec. Après s'être lavé le visage et les mains, elle se nettoie les dents avec un rince-bouche aseptisé grâce à un autre sel spécial. Enfin, elle achève sa toilette en se plongeant jusqu'au cou dans l'immense baignoire. Il ne lui reste plus qu'à se frictionner ensuite avec un onguent à base de térébenthine et d'encens. Il rend la peau douce, sent bon et chasse les moustiques. La voici prête pour le déjeuner.

Celui-ci se déroule sans encombre, mais l'oie farcie est vraiment brûlée…

– C'est bien fait pour vous, grommelle Keftiou après les avoir servis et constaté leur manque d'enthousiasme.

Ti a repris aussi figure humaine. Hélas, il dort à moitié devant son repas. L'énervement. Les émotions.

Étonnée de leur silence, la vieille servante est dévorée par la curiosité. Elle connaît aussi l'entêtement de Ti. Au bout d'un moment, elle n'y tient plus :

– Qu'avez-vous donc encore inventé ? gronde-t-elle.

Ankh lève vers elle un visage innocent.

– Rien. Et comme nous n'avons rien à faire non plus, je crois que nous allons nous offrir une sieste, Keftiou.

•

À peine se retrouve-t-elle allongée sur sa couche, la nuque calée sur le petit oreiller de bois, que la petite fille déplore ce temps perdu à dormir ! Ils ne verront pas rentrer Thotmès… Quel étrange bonhomme !… Ankh l'a toujours connu et pourtant elle ne sait rien de lui… A-t-il jamais eu pour elle plus d'importance que Neb ou Abi ? Un léger remords l'effleure…

Puis, la fatigue prend le dessus… Ankh a beau essayer de se concentrer sur ce joli scarabée d'or posé sur sa commode, ses yeux se ferment… Quelques secondes plus tard, son esprit est vite entraîné dans le pays des rêves…

•

Le vent brûlant qui a soufflé tout l'après-midi n'a réveillé ni Ti ni sa cousine. Et, maintenant, ils pestent d'avoir tant dormi.

Au cours du dîner, Nefer et Kafran ont poussé des cris d'orfraie en comptant les bosses et les égratignures des enfants. Il a bien fallu trouver une excuse. Les hippopotames ne suffisant certainement pas à les convaincre !

– On s'est poursuivis dans les roseaux, c'est tout simple, a lancé Ti.

Thotmès s'est raclé la gorge. Signe précurseur de paroles désagréables. Ça n'a pas manqué.

– Ils sont trop petits pour être livrés à eux-mêmes. Si tu le désires, Kafran, je peux les faire travailler le matin.

– Je vais y réfléchir, a répondu Kafran, conciliant.

Ankh a failli lui sauter au cou. Kafran fait partie de ces grandes personnes qui n'ont pas oublié avoir été beaucoup plus jeunes ! Un jour. Même si ce jour leur paraît lointain.

Quant à Thotmès, il s'est montré vraiment malin. Quoi de mieux qu'enfermer « les enfants » dans son cabinet de travail, avec pour consigne de n'en pas bouger. Ainsi, il aurait toute liberté pour mettre à exécution ses mystérieux projets. Nefer a fort heureusement changé le sujet de la conversation.

– Si une caravane se trouve dans le désert, la tempête de sable risque de l'ensevelir !

Ces tempêtes sont redoutables. Soulevés par un vent terrible, les nuages de sable renversent les hommes et les chameaux. Les grains de sable pénètrent dans les yeux, les oreilles, la bouche. Terrorisés, les chameaux gémissent et s'aplatissent par terre. La seule solution est de se blottir contre eux. Si la tempête dure trop, tout le monde disparaît sous des tonnes de sable.

–Nous vivons une époque difficile, dit Kafran en hochant la tête. Hormis les voyages en bateau, rien n'est sûr. Prendre la route exige une escorte à cause des voleurs. D'autres périls nous guettent dans le désert : les hyènes, les chacals, les lions.

Laissant les adultes gémir sur tout ce qui ne va pas en Égypte, Ankh se penche sur le guéridon pour souffler à son cousin :

–Au fait, pourquoi es-tu venu reprendre le petit scarabée d'or dans ma chambre ?

Les yeux de Ti s'arrondissent.

–Je n'ai rien repris du tout...

–Le bijou ne se trouve plus sur ma commode.

–C'est que tu l'as mis ailleurs ou qu'il est tombé !

–J'y ai pensé, figure-toi ! Mais il n'est nulle part dans ma chambre.

–Moi, je n'y ai pas mis les pieds ! Écoute...

Il s'interrompt brusquement. Thotmès les fixe d'un regard félin. A-t-il entendu ?

–Tais-toi, chuchote Ti, très vite. Nous en reparlerons après le dîner.

Hélas, le souper achevé, Kafran les attrape par l'épaule au moment où ils s'apprêtent à filer. Il les pousse devant lui. Direction: son cabinet de consultation.

– Je n'ai aucune envie de voir vos écorchures s'infecter, déclare-t-il, en souriant dans sa barbe.

Comme il s'y attendait, Ankh gémit en voyant ses outils de cuivre rangés sur la table. Curettes pour arracher les dents. Scalpels pour percer les abcès…

– Je vais m'évanouir…

– Rassure-toi, j'ai ce qu'il faut pour te ranimer, répond Kafran tout en se lavant les mains.

C'est un médecin consciencieux. Quand il ignore l'origine du mal, il a l'honnêteté de dire: « Je ne sais pas. » En pareil cas, bon nombre de ses confrères ont recours à la magie à laquelle ils ne croient pas eux-mêmes. Ils font boire à leurs patients une coupe de vin dans laquelle macère une formule écrite sur un bout de papyrus. Les malheureux ne s'en portent pas mieux. En revanche, ça leur coûte plusieurs debens* d'argent, ou bien un bracelet d'or ou un collier de cuivre!

La politique de Kafran est différente. Aux gens nécessiteux, il dit souvent: « Donne-moi ce que tu peux. » Raison pour laquelle, souvent, il n'a rien! Quand sa femme proteste, il ajoute en riant:

« Tu aurais dû épouser un médecin syrien ! » En effet, les Syriens payent leur médecin toute l'année. Mais seulement quand ils sont en bonne santé. Sitôt qu'ils tombent malades, ils cessent de le rétribuer. Aussi, l'intérêt des médecins syriens est-il de garder leurs patients à l'abri de toute maladie.

– Cesse de gigoter, Ankh ! gronde-t-il en passant un onguent à base de plantes sur la joue de sa nièce.

– Ça sent mauvais…

– Tu préférerais un cataplasme de toile d'araignée ? ricane Ti.

– Non ! supplie Ankh.

Kafran jette à son fils un regard sévère.

– Petit imbécile ! Pour un futur médecin, tu parles comme un âne. La toile d'araignée est destinée à faire mûrir les abcès.

Une voix railleuse les fait sursauter. Personne n'a vu entrer Thotmès qui déclare froidement :

– À en juger par leur nouvel endroit de prédilection, les toiles d'araignées ne devraient pas leur faire peur !

Ahuris, Ti et Ankh se regardent. Kafran relève un sourcil.

– Quel est ce nouvel endroit ?

– Un tombeau abandonné derrière la colline, révèle froidement le vieux scribe.

Un silence pesant suit cette ahurissante déclaration. Pour quelle raison Thotmès se dénonce-t-il en les… dénonçant ? Ti se racle la gorge.

– Co… comment le sais-tu ?

– Un paysan vous a vus rôder dans les parages.

– C'est faux ! Nous n'avons rencontré personne ! proteste Ankh d'une voix pointue.

Patatras ! La voilà qui gaffe à son tour.

« Plus stupide, on en meurt ! » songe Ti, furieux.

Kafran aussi est furieux !

– Vous ne respectez donc rien ? N'est-il pas suffisamment triste de voir un tombeau abandonné faute d'héritiers !

Kafran est un homme pieux. Veiller sur un tombeau est un devoir sacré. C'est un des métiers exercés par les prêtres. Ils sont largement rétribués pour ces services qui leur permettent souvent de nourrir femme et enfants.

Ankh se mord les lèvres. N'est-ce pas le moment de tout avouer à Kafran et de confondre le vieux Thotmès ? Ti doit en juger autrement, car le voilà qui a le toupet d'affirmer :

– On ne parle pas du même endroit. Je ne sais pas de quoi tu parles, Thotmès.

Il soutient son regard sans broncher.

– Les dieux connaissent la vérité, dit lentement le scribe en s'installant devant son pupitre de travail.

Son visage est impénétrable. Il suce son calame pour en assouplir le bout, le plonge dans le godet rempli d'ocre et de gomme et commence à tracer des hiéroglyphes* sur le papyrus.

Perplexe, le regard de Kafran va de l'un à l'autre.

– Eh bien, j'aimerais bien connaître, moi aussi, la vérité ! gronde-t-il.

Comme personne ne répond, il hausse les épaules. Après tout, il ne s'agit peut-être que de balivernes, songe-t-il.

– À ton tour, Ti, dit-il en désignant les bosses de son fils.

Le jeune garçon se montre étrangement docile tout le temps que son père le soigne…

9

Le scarabée d'or voyage tout seul…

Toute la nuit, Ankh se tourne et se retourne sur sa couche. Elle écoute siffler le vent au-dehors. Le sommeil la fuit. La peur tient toute la place. La nuit, les angoisses prennent des proportions effrayantes ! Et si… l'inconnu qui est déjà venu prendre le bijou se glissait dans sa chambre ?

Plus de dix fois, la petite fille se lève pour aller vérifier que personne n'est caché derrière la tenture qui fait office de porte. Seul, le lourd portail à l'entrée du jardin, verrouillé chaque soir par les soins de Keftiou, empêche les rôdeurs de pénétrer à la Mata. Hélas, dans la maison, toutes les pièces communiquent pour laisser circuler l'air. Et les draperies qui les séparent les unes des autres sont vraiment de fragiles remparts.

C'est la première fois de sa vie qu'elle a aussi peur. Le surnaturel et les dieux sont infiniment moins inquiétants que le vieux Thotmès et ce rire mystérieux entendu dans le tombeau. Ce n'est qu'au petit matin que Ankh s'assoupit.

– Quoi ? Pas encore levée ? s'exclame Ti en passant la tête par la tenture.

Réveillée en sursaut, la petite fille bredouille.

– Va-t'en... J'ai sommeil...

– Moi, j'ai des projets. Alors, ouste, debout !

Il traverse la pièce avec une vitalité épuisante. Il a revêtu un pagne neuf. Sa peau est luisante à force d'avoir été frictionnée avec de l'huile parfumée. Il tire sur le drap et bouscule sa cousine.

– Fiche-moi la paix ! crie-t-elle.

– Dépêche-toi !

– Non !

Le petit oreiller de bois traverse la pièce. Ti n'a eu que le temps de baisser la tête. Boum !

– Quelle furie !

– Sors d'ici ! Je suis trop grande pour que tu te permettes d'entrer comme ça dans l'appartement des femmes !

Le jeune garçon écarquille les yeux. C'est grotesque !

– Très bien. Je m'en vais. Rejoins-moi près du bassin.

Il tourne les talons en rejetant avec mépris la tête en arrière. Mais, dans le vestibule, il s'arrête. À la fois étonné et angoissé. Lui-même, n'a-t-il pas eu l'impression d'être devenu un homme ? Le temps passe donc si vite ? Un jour viendra où ils seront tous deux aussi vieux que Thotmès ? Un vertige. Pure folie ! Ils ont encore toute la vie devant eux !

Il rejoint sa mère devant la piscine. Pour nager, Nefer s'est débarrassée de sa perruque. Son crâne rond, lisse, rasé, lui donne l'air d'un jeune oiseau. Elle s'est baignée avec sa tunique et maintenant, elle se sèche, assise sur une natte, tout en picorant des graines de lotus.

« Maman est vraiment bien jolie », songe Ti.

– Alors, Keftiou vient de me dire que vous partiez pique-niquer ? Suis-je invitée ? demande-t-elle, avec un sourire malicieux.

– Non, bien sûr que non ! laisse-t-il échapper.

Il se mord les lèvres. Nefer éclate de rire.

– Eh bien ! Voilà qui est franc, au moins !

Ti se tait, désemparé. Peut-il avouer que la présence de sa mère devant la mystérieuse entrée du souterrain est providentielle ? Il a l'intention de se poster près du tombeau avec sa cousine. Ainsi, il est sûr de prendre

Thotmès sur le fait. Ce n'est évidemment pas une raison pour blesser Maman…

Si Pharaon récompensait les maladroits aussi bien que les artistes, Ti serait riche ! Des cruches et des cruches d'or et de joyaux s'entasseraient dans les sous-sols de la Mata ! Keftiou suivie de Ankh met fin à son supplice.

– Drôle d'idée de pique-niquer par cette chaleur, grommelle la vieille servante. Installez-vous sous un sycomore, au moins ! Nefer, je t'ai apporté quelque chose à manger, à toi aussi.

Cristallin, le rire de Nefer résonne à nouveau.

– Tu as bien fait, Keftiou. Les enfants ne veulent pas de moi.

Mais, cette fois, Ti n'écoute plus. Hypnotisé par le petit bijou que les doigts de sa mère font danser sur sa poitrine. Le scarabée d'or… Où l'a-t-elle trouvé ? Nefer intercepte son regard.

– Il est joli, n'est-ce pas ?

Ankh est au moins aussi ahurie que son cousin. Ça alors ! Sa tante n'est pas du genre à venir lui chiper ses affaires !

– Euh… oui… bredouille Ti.

–C’est un cadeau de Kafran, continue Nefer. Il l’a déposé sur le guéridon de notre chambre afin que je le trouve ce matin.

Kafran ? Les deux enfants se regardent, incrédules. Ce n’est pas davantage Kafran qui aurait eu une telle idée !

Alors, qui ?

–Vous avez certainement l’air de deux ahuris, ce matin, constate paisiblement Nefer, avant de plonger à nouveau dans l’eau bleutée.

•

Afin d’avoir les mains libres, Ti a posé le panier de victuailles sur sa tête. Lui et sa cousine se sont posé plein de questions au sujet de ce fameux scarabée d’or.

–Et s’il avait des pouvoirs magiques, ce bijou ? Et qu’il se déplace tout seul ? Et que…

Dernières suggestions de Ankh que Ti interrompt aussitôt :

–Tu nages en plein délire !

–Avoue qu’il y a de quoi !

Ti réfléchit, se gratte le front et conclut d’un ton docte :

–Il y a de quoi.

Cette fois, ils rencontrent un paysan. Ce n'est certainement pas celui évoqué par Thotmès ! Sa tourie* sur l'épaule, le brave homme se lamente devant son champ de lin.

– La tempête l'a saccagé ! Les dieux ne sont pas cléments avec les gens qui cultivent la terre ! Quand ce n'est pas la grêle, c'est le vent qui anéantit nos récoltes !

– Ou bien les sauterelles, renchérit Ti.

– Veux-tu bien te taire ! gronde l'homme. Tu vas attirer les catastrophes à en parler ainsi !

Et d'adresser bien vite des prières aux dieux. Ti et Ankh s'éloignent.

– Il a raison, tu n'aurais pas dû lui dire ça, souligne Ankh.

Le jeune garçon en est conscient. C'est très mauvais d'envisager le pire. Son père ne cesse de répéter qu'on ne doit avoir que des pensées positives.

– Bof, grommelle-t-il, si tu veux mon avis, les dieux se fâchent à force d'entendre les paysans se plaindre.

Et de siffloter pour chasser les remords.

Ankh, elle, est encore plus angoissée depuis que Ti lui a révélé ses intentions. Tendre un piège à Thotmès peut s'avérer dangereux. Le vieux scribe semble connaître parfaitement les souterrains… Et s'il les y enfermait pour toujours ? Personne ne songerait à venir les chercher là ! De nouveau, son imagination se met à galoper. Le pauvre Métoufer s'arrachant les cheveux en apprenant la disparition de sa fille unique ! Et si on rebroussait chemin ? On serait tellement mieux près du bassin à écouter rire Nefer… Instinctivement, Ankh ralentit. Ti se retourne.

– Qu'est-ce que tu as ?

La petite fille hésite.

– Rien…

Ne vient-elle pas de lui conseiller de chasser les mauvais présages ?

Et de chantonner, pour se changer les idées.

Au bout d'une heure de marche, le tombeau est en vue. Écrasé de soleil. Solitaire. Soudain, tous deux s'arrêtent, n'en croyant pas leurs yeux…

Assis en tailleur, les mains posées sur les genoux, la tête bien droite, ressemblant à ces grands sphinx qui fixent indéfiniment le désert dans la Vallée des Rois, un très jeune enfant se tient devant le mausolée.

En les apercevant, il esquisse un mouvement de fuite… Trop tard. Ti et Ankh s'élancent vers lui.

10

L'enfant qui ne parle pas

Ankh est profondément troublée… Ce petit garçon n'a pas plus de cinq ans, mais comme il est émouvant, fragile avec ses traits fins, ses immenses yeux noirs. Il ébauche un sourire timide. Deux petites dents manquent sur le devant de sa bouche.

Mais… d'où vient-il ? Est-il tombé du ciel ? Est-il un messager des dieux ? De nouveau, son imagination se met à trotter.

Beaucoup plus prosaïque, Ti le dévisage en fronçant légèrement les sourcils. Voilà enfin celui qu'il a entendu gémir, pleurer et rire ! L'enfant est vêtu d'un pagne de lin blanc. Une odeur d'huile de palme émane de sa peau bronzée. Ce n'est sûrement pas un dieu ! Mais un petit garçon dont le mystère reste à élucider.

Ses cheveux attirent l'attention de Ti. Légèrement bouclés, ils ne sont ni crépus comme ceux des Nubiens, ni lisses comme les leurs. De plus, ils n'ont pas encore été coupés... Pourtant, l'enfant porte le pagne qu'on ne reçoit qu'après la première coupe de cheveux.

– Salut à toi, dit Ti gentiment.

L'enfant ne bronche pas. Il continue de lever sur eux ses yeux noirs. Comment se fait-il qu'il ne porte aucun bijou ? Ankh pose sa main sur son épaule.

– Ne crains rien, tu peux parler. Comment t'appelles-tu ? D'où viens-tu ? Que fais-tu là ?

Aucune réponse. Les pieds nus du petit garçon sont à peine poussiéreux. Pourtant, comme les Égyptiens très pauvres qui ne veulent pas user leurs chaussures, il porte sa paire de sandalettes suspendue sur l'épaule.

– Il est peut-être sourd ? suggère Ti.

– Je crois plutôt qu'il a peur.

La petite fille désigne le panier à provisions.

– Tu as faim ?

La fixité du regard de l'enfant l'impressionne.

– Autant s'adresser à un caillou, grommelle Ti.

Et, se penchant vers l'enfant, il ajoute :

C'est toi qui te trouvais dans le souterrain quand nous y sommes tombés ?

– Ti ! Voyons ! proteste Ankh. Que voulais-tu qu'il y fasse ?

– Cesse de m'interrompre sans arrêt, Ankh ! Je sais ce que je dis. Tu manques vraiment de logique !

Le moment est mal choisi pour se disputer, mais Ankh ne veut pas en démordre. Comment un enfant si jeune pourrait-il vivre dans un endroit si noir et si lugubre ? Et surtout, pourquoi ? Toutes les légendes de son enfance se bousculent dans sa tête et le goût du merveilleux la satisfait infiniment plus que les stupides théories de Ti.

Irrité, Ti s'assied sur une pierre, attire le panier à provisions, et brandit un morceau de volaille.

– Tu en veux ? demande-t-il au petit.

Une fraction de seconde, une lueur de convoitise brille dans les yeux du gamin. Elle s'efface très vite pour laisser place à une totale indifférence.

– Ne joue pas la comédie. Je suis sûr que tu as faim, continue Ti, implacable. Cette cuisse d'oie est à toi si tu daignes répondre à nos questions.

Pour toute réponse, le petit garçon tourne la tête. Son regard se perd dans l'infini du ciel, si bleu au-dessus des collines.

– Quel entêté ! explose Ti.

– Tu es cruel, proteste Ankh. Donne-lui donc à manger !

– Jamais de la vie ! Il se moque de nous !

Et de mordre à belles dents dans la cuisse de volaille. Ankh est indignée. Elle aussi meurt de faim. Mais cette scène lui coupe l'appétit. Aussi, s'assied-elle près de l'enfant.

– Est-il vrai que tu vis ici ? dit-elle en désignant le tombeau.

Elle pousse un soupir. Si Ti a raison, il doit quand même y avoir une raison pour que cet enfant garde un tel silence.

Patiemment, elle continue son interrogatoire.

– Où sont tes parents ?... Tu nous as vus l'autre jour ?... As-tu pris notre panier à provisions ?... Le scarabée d'or était-il à toi ?...

Elle déglutit sa salive avant de s'enhardir.

– Connais-tu... Thotmès ?

– Tu perds ton temps ! lance Ti, la bouche pleine.

– Et si on le ramenait à la maison ? s'entête Ankh.

– Comment ? Il ne voudra pas davantage nous suivre ? Nous ferions mieux de prévenir les Medjai*... Ils trouveront bien le moyen de tirer cette affaire au clair.

Que n'a-t-il dit? À peine a-t-il prononcé les derniers mots que le gosse bondit sur ses pieds.

– Rattrape-le! crie Ankh.

Trop tard. Il a déjà disparu dans le mausolée. Un déclic. Le bruit de la dalle qui se déplace. Lorsque leurs yeux se sont habitués à l'obscurité de la salle, Ti et Ankh constatent qu'il n'y a plus personne.

– C'est malin, ça! s'écrie la petite fille. Avais-tu besoin de parler de ces Medjai?

– En tout cas, je sais ce que je voulais savoir: il n'est pas sourd! rétorque Ti.

– Et si on le suivait dans le souterrain?

– Merci bien! D'abord, nous ignorons pourquoi il s'y trouve. Ensuite, il risquerait cette fois de nous y laisser!

– Alors, qu'est-ce qu'on fait?... gémit Ankh, en regardant d'un œil navré la pierre déserte sur laquelle se trouvait il y a un instant le petit.

– Je n'en sais plus rien... On rentre.

– Je croyais que tu voulais piéger Thotmès?

– Ce n'est plus nécessaire, répond-il, lugubre.

« C'est tout de même vexant de s'être fait avoir par un gamin de cet âge! » songe-t-il à la fois furieux et désemparé.

–Veux-tu que je te dise une chose? ajoute-t-il avec superbe. Je soupçonne Thotmès d'avoir enlevé ce garçon.

Ankh écarquille les yeux.

–Enlever? Puis-je te faire remarquer qu'il me semble bénéficier d'une certaine liberté pour un prisonnier!

Et comme la voilà aussi déçue que lui, elle ajoute, vengeresse:

–Veux-tu à mon tour que je te dise une chose? Tu n'as pas plus de cervelle qu'un buffle.

11

Thotmès se met en colère

Thotmès n'a pas paru au dîner. Ti et Ankh en ont été soulagés. Cette rencontre devant le tombeau est tellement mystérieuse ! Toute la journée, ils ont émis des tas d'hypothèses. Tantôt d'accord, tantôt se disputant. A-t-on jamais vu un si jeune garçon, gardien d'un tombeau ?

Au milieu du repas, Kafran a jugé bon d'expliquer l'absence de son scribe.

– Thotmès se plaint de migraines. Une bonne purge lui aurait fait du bien. Rien de tel pour soulager nos petites misères !

– J'aurais plutôt cru que la purge agissait sur les viscères ? a lancé Nefer, taquine.

Kafran a éclaté de rire.

–Que tu es belle ce soir, ma sœur ! Tu me ravis les yeux et le cœur !

–Eh bien, merci pour les autres jours, a-t-elle riposté, décidément en verve ce soir.

–Thotmès est sûrement dans le souterrain, chuchote Ti à sa cousine.

–Regarde… ce que ta mère porte autour du cou, murmure Ankh.

Hélas, oui. Le scarabée d'or. Kafran ne s'en est pas encore aperçu. S'il lui demande une explication, que va-t-il se passer ?

Son épouse a fait des frais de toilette en l'honneur du bijou. Par-dessus sa chemise de lin fin, Nefer a revêtu une tunique plissée et transparente, retenue à l'épaule par une bretelle brodée. Ses pieds sont chaussés de sandales en or. Elle ne les porte que lorsqu'elle est sûre de n'avoir pas à marcher longtemps. La semelle rigide finirait évidemment par lui blesser la plante des pieds. Ses bras sont chargés de bracelets.

Le dîner achevé, tout le monde passe au salon meublé de sièges bas à l'exception d'un fauteuil, où Kafran aime s'asseoir. Son siège favori, au dossier haut et droit, possède des pieds en forme de patte de lion. Quand Kafran ne s'y trouve pas, Ti adore se pavaner sur le fauteuil paternel. Ses neuf frères en ont fait autant !

Ankh et Ti s'installent docilement devant le guéridon et commencent une partie de serpent. À vrai dire, ils n'ont plus rien à se raconter. Autant demeurer aux aguets et écouter ce que racontent les parents. Dans l'immédiat, Kafran est d'humeur excellente et prêt à terminer joyeusement la soirée.

– Keftiou, apporte-nous donc une cruche de vin du domaine d'Amon.

– Bonne idée ! renchérit Nefer, qui sait pourtant que le vin lui fait tourner la tête.

– Ti, reprend-elle, va donc chercher Thotmès. Le vin d'Amon est bien meilleur pour les maux de tête que toutes les purges proposées par ton père !

Ti sursaute si violemment qu'il renverse tous les pions. Aller chercher Thotmès ? Où ça ? Dans le souterrain ? Il se reprend très vite. Après tout, voilà l'occasion de montrer aux siens que le vieux scribe n'est nullement dans son antre.

– J'y vais ! dit-il en bondissant vers la porte.

Il manque de peu de renverser Keftiou qui entre les bras chargés d'un plateau garni de coupes et d'une cruche. Thotmès la suit…

– C'est parfait ! lance Kafran, jovial. Il suffisait de penser à toi pour que tu songes à nous rejoindre ! Tu vas mieux ?

– Les dieux m'ont assisté, Kafran, je te remercie. Ma tête est plus légère qu'une colombe, répond le vieux scribe.

Son teint est gris. Il ment. Les traits de son visage sont plus anguleux que jamais. Ses yeux profondément enfoncés dans leurs orbites fixent soudain le cou gracile de Nefer...

– Je ne te connaissais pas ce bijou, Nefer ! ajoute-t-il d'une voix étranglée.

– Nous y voilà... chuchote Ti.

Thotmès est pâle comme un spectre. Ses lèvres minces tremblent de fureur. Quelle drôle d'idée de s'être ainsi trahi !

D'un geste gracieux, Nefer agite le petit scarabée au bout de son index.

– Il est joli, n'est-ce pas ? roucoule-t-elle. C'est un cadeau de mon tendre époux. Il l'a déposé ce matin sur mon guéridon avant que je m'éveille. J'attendais l'admiration générale pour te remercier, Kafran.

Le « tendre époux » semble estomaqué.

–Mais... euh... je... Je ne t'ai rien offert du tout, Nefer ! laisse-t-il échapper.

Ti et Ankh retiennent leur souffle. Les joues de Nefer deviennent toutes rouges. Déception et étonnement brillent dans ses yeux. Pauvre petite tante Nefer, songe Ankh, navrée.

À la stupéfaction générale, Keftiou lance d'une voix pointue :

–C'est moi qui l'ai placé sur ton guéridon, Nefer !

Cinq paires d'yeux se braquent sur elle. Un silence pesant tombe sur l'assistance. Kafran semble abasourdi. Thotmès brûle d'une colère tout à fait incompréhensible.

–Était-il donc à toi ? siffle-t-il en se tournant vers la vieille servante.

L'éventualité de posséder un tel trésor la fait éclater de rire.

–Hélas, non, Thotmès ! Je l'ai aperçu dans la chambre de Ankh. Ce scarabée m'a paru trop précieux pour lui appartenir. J'ai pensé que Ankh l'avait trouvé dans la maison et je l'ai remis à sa place. Ai-je commis une erreur ?

–Non, non, s'empresse de la rassurer Nefer. Seulement, il ne m'appartient pas !

– Est-il donc à toi, Ankh ? s'informe son oncle.

Cette fois, c'est sur elle que convergent cinq regards curieux et pour des raisons différentes. Ti frémit. Pourvu que sa cousine tienne sa langue. L'attitude de Thotmès prouve qu'il ignorait cette disparition. Pourquoi s'intéresse-t-il tellement à ce bijou ?

Ankh ouvre la bouche. Puis la referme. Elle intercepte le coup d'œil de Ti, mais elle n'est pas très sûre de bien l'interpréter.

Doit-elle ou non dire où elle a trouvé ce bijou ? Ti secoue imperceptiblement la tête.

– Oui, mon oncle, il est à moi... bredouille-t-elle.

– Dans ce cas, je vais te le rendre ! s'écrie Nefer.

– Oh non, ma tante, garde-le, il te va si bien !

– Je ne peux accepter un pareil cadeau de ta part, ma chérie.

– Si, je t'en prie.

– Alors, je considère que tu me le prêtes.

Nefer simule la gaieté, mais elle est horriblement déçue. Kafran feint d'être soulagé, mais il est navré de n'avoir pas songé à offrir un tel présent à sa femme. Quant à Keftiou, elle reste soupçonneuse. Que d'histoires pour un simple pendentif, aussi joli soit-il !

– C'est Metoufer qui te l'a offert ? insiste-t-elle.

–Euh… oui… pour mon anniversaire.

–Bon. Donc, tout est arrangé, conclut-elle en commençant à remplir les coupes.

Un rugissement manque de lui faire lâcher la cruche.

–Rien n'est arrangé ! Au contraire ! vocifère Thotmès.

Prenant le ciel à témoin, le vieux scribe lève les bras et gesticule. Ses yeux lancent des éclairs. Chaque poil de sa barbe frémit.

–Pardonne-moi de dire cela, Kafran, et toi aussi, Nefer, mais ces enfants ont un comportement bizarre ! Je ne crois pas un mot de ce que vient de vous affirmer Ankh ! Ils furètent ! Ils fouillent ! Ils se mêlent de ce qui ne les regarde pas !

–C'est faux ! proteste Ti, indigné.

–Comment oses-tu parler sur ce ton à un aîné ? tonne Kafran.

L'impuissance fait trembler le jeune garçon. Le plus sage serait de révéler publiquement ce qu'ils ont découvert. Mais leur accordera-t-on crédit ? Ils sont jeunes. Thotmès est un vieux compagnon de son père. Kafran et Nefer ne mettront pas en doute la parole de leur scribe.

Thotmès leur lance un regard victorieux.

–Il ne m'étonnerait pas, continue-t-il, que ces deux-là aient volé ce scarabée d'or aux dieux qui veillent sur le vieux tombeau. Ils vont y rôder. Je t'avais prévenu, Kafran.

Nefer pousse un faible cri.

–Quelle profanation!

Le visage ouvert de Kafran trahit son indignation.

–Est-ce vrai? demande-t-il à son fils.

–C'est faux, Papa!

–C'est vrai! répète Thotmès.

–Prouve-le donc! dit lentement Ti, dans l'espoir que le vieil homme va finir par se trahir.

Leurs regards s'affrontent. Mais Ti doit céder. Il va encore se mettre en tort s'il ne baisse pas les yeux devant la colère de Thotmès.

–Que je vous surprenne, toi ou Ankh, dans les parages du tombeau, gronde le scribe, et je vous ramène ici par les oreilles!

–Si jamais j'apprends que vous retournez là-bas, vous aurez affaire à moi! renchérit Kafran d'une voix de stentor. Quant à ce bijou, Ankh, je vais écrire immédiatement à Métoufer pour obtenir la confirmation de tes dires. Demain, un messager se rendra à Memphis avec ma tablette d'argile.

–C'est terriblement blessant pour Ankh... intervient Nefer.

Personne ne semble l'avoir écoutée. Elle soupire. Ankh baisse le nez. Visiblement, sa réponse n'était pas la bonne.

Les mains croisées sur son ventre, Keftiou est perplexe !

Elle suce nerveusement ses pastilles de jujube et gémit :

– Si j'avais su que ranger un bijou déclencherait une telle scène ! La prochaine fois, même si je trouve un trésor, je l'oublierai sur le carrelage.

Personne ne relève. Aussi quitte-t-elle la pièce, profondément vexée.

– Allez vous coucher ! ordonne Kafran.

La soirée est gâchée. Son visage est soucieux. Ankh et Ti joignent leurs mains sous le menton et s'inclinent sans mot dire.

Dans le vestibule, ils croisent la vieille servante.

– Si j'étais Pharaon, je te ferais couper la langue ! explose Ti.

Keftiou le toise.

– Oui, seulement voilà, tu ne l'es pas, lâche-t-elle tranquillement.

12

Encore un astucieux projet qui tombe à l'eau !

Keftiou a prudemment attendu que Nefer soit réveillée pour ameuter la maison de ses cris indignés.

– Je le dis, Nefer, un rôti tout entier a disparu de mon buffet. Hier, c'étaient des petits pains. Je les compte. Il en manquait six. Et ce n'est pas la première fois...

– Pourquoi m'en avertis-tu seulement maintenant ? l'interrompt Nefer.

Question logique. Derrière la tenture de la chambre de Nefer, Ti et Ankh s'arrêtent pour écouter. Voilà qui est intéressant !

Keftiou se racle la gorge.

– Avec ce qui s'est passé hier soir, j'ai pensé qu'il était temps de te montrer que je ne fais pas partie de ces domestiques qui volent leurs maîtres.

– Ça, je le savais déjà, Keftiou.

Waooh… léger bâillement de Nefer. À vrai dire, elle s'en moque. Mais, pour satisfaire la vieille femme, elle feindra pendant plusieurs jours de s'inquiéter de ces disparitions.

Ankh et Ti s'éloignent sur la pointe des pieds.

– Il est facile de deviner où part cette nourriture, lance Ti.

Ankh pouffe de rire.

– Tu ne penses tout de même pas que ce petit garçon pourrait dévorer un rôti entier ?

– Mmmmm… se contente de grommeler son cousin.

•

La veille, réfugiés dans la chambre de Ankh, ils ont comploté. Tous deux sont tombés d'accord. Il faut ramener de gré ou de force cet enfant à la Mata. Il comparaîtra devant tout le monde et Thotmès se verra bien forcé de fournir des explications.

Aussi – malgré l'interdiction – se dirigent-ils de nouveau vers le lieu défendu.

Toutefois, comme ni l'un ni l'autre n'ont l'intention de pénétrer dans le souterrain, ils espèrent de nouveau surprendre le petit inconnu hors de sa retraite.

– Et s'il sort la nuit ? demande Ankh poursuivant sa pensée.

Ti est aussi anxieux. L'avouer n'arrangera rien. Aussi, riposte-t-il avec assurance :

– La nuit, il fait comme tout le monde : il dort !

Tout aurait été évidemment plus simple si on avait pu découvrir le mécanisme secret livrant passage dans les rochers près du bassin. Au moins, ils eussent été sûrs de pouvoir entrer dans ce souterrain avec la certitude d'en sortir !

Mais, avec Nefer, Keftiou, Thotmès, les jardiniers qui vont et viennent, comment faire pour fouiller discrètement les lieux ? Il a fallu y renoncer.

Inspiré par les dieux, Kafran a emmené Thotmès à la Maison de la Vie, pour lui faire rédiger ses ordonnances. Il ne rentrera à la Mata qu'en début d'après-midi. Ça leur donne la matinée pour agir.

Ankh trottine à côté de son cousin qui allonge le pas. Il s'est muni d'une corde et d'une écharpe, bien décidé à porter l'enfant s'il le faut ! Cet attirail arrache un sourire narquois à la petite fille. Ils donnent l'impression de partir à la chasse au lion !

– Et si cet enfant ne sort pas avant cet après-midi ? murmure-t-elle.

Elle est vraiment par trop démoralisante.

– Je ne t'épouserai jamais ! explose Ti. Tu es irritante à la fin !

– Ça m'est bien égal.

Profondément ulcéré, Ti en reste coi. Depuis des siècles, la famille royale donne l'exemple de ces mariages consanguins. Pharaon peut épouser sa mère ou sa sœur. Une sœur peut épouser son frère ou son neveu. Ainsi, rien ne sort de la famille !

Le trajet s'effectue dans un silence boudeur de part et d'autre. La colline est déserte. La chaleur, torride. Au loin, ils aperçoivent le tombeau... Soudain, Ti pousse Ankh derrière un rocher.

– Attention !

Une haute silhouette se dresse devant le tombeau. Un prêtre du Temple ! Que vient-il faire là ? Entièrement vêtu de lin blanc et chaussé de sandales en papyrus, le prêtre est venu pour sacrifier. Des larges poches de sa tunique immaculée, il sort un sac rempli de graines de lotus qu'il dépose religieusement aux pieds des dieux de pierre. Puis, s'inclinant, il commence à réciter les prières sacrées.

– Il ne manquait plus que ça... marmonne Ti.

–Ton père a dû vouloir faire une bonne action en payant un prêtre de Thèbes pour s'occuper du tombeau abandonné.

–Oui... mais si l'enfant sort tout de suite... C'est une catastrophe !

Ils ne quittent pas des yeux le prêtre dont le visage est entièrement rasé : barbe, cheveux, sourcils, et même les cils. Le voilà qui maintenant dispose de la myrrhe et de l'encens dans des coupelles. Ti et Ankh ont l'impression qu'il n'en finira jamais !

–Ouf ! soupire Ankh en le voyant enfin se redresser.

Tapis derrière le rocher, tous deux retiennent leur souffle quand il passe devant eux. C'est une longue marche pour cet homme. Kafran a dû le payer fort cher. Ankh et Ti le suivent des yeux jusqu'à ce qu'il ait disparu au pied de la colline.

–Pourvu que l'enfant sorte ce matin ! grommelle Ti.

–Tu ne manques pas de toupet. Je viens de le dire ! Moi non plus, je ne t'épouserai jamais ! Tu es trop lunatique !

–Tu m'en verras navré ! persifle-t-il.

Mais, pour l'instant, ils ont mieux à faire que de casser la cruche devant la famille attendrie ! La voie est libre. Ils se dirigent vers le tombeau.

–Où allons-nous nous poster ? demande Ankh.

Ti est perplexe.

–Dans le mausolée ?

–Non. Il nous verra.

–Derrière les colonnes alors ?

–Mmmm…

Le gosse est agile. Il l'a prouvé. Comment faire pour ne pas attirer son attention ?

–Derrière le mausolée, c'est plus sûr, suggère la petite fille.

–Oui, mais ça ne va pas être facile de le voir sortir. Laisse-moi faire, Ankh. Je préfère agir seul. S'il résiste, tu viendras à la rescousse.

–Ne lui fais pas mal surtout !

–J'espère qu'il ne se débattra pas…

À tour de rôle, ils passent la tête. Aucun bruit. La grosse pierre sur laquelle s'était assis l'enfant est déserte. Ça peut durer des heures… Ti et Ankh commencent à avoir terriblement chaud sous ce soleil qui tape.

–Qu'est-ce qu'on va faire s'il ne se montre pas ? explose Ti au bout d'un long moment.

Un rire cristallin résonne derrière eux. Ils se retournent, ébahis. La tête bien droite, les mains le long du corps, le petit garçon les observe, l'œil moqueur. Comme Ti s'apprête à bondir, il lance d'une voix claire :

– C'est inutile de me ligoter. Je vous suis.

Et de regarder paisiblement ces deux nigauds qui restent muets à leur tour !

13

Môse

– C'est vraiment idiot… déclare le petit garçon en désignant du doigt la corde que Ti tient à la main.

Les rôles sont renversés. La stupeur les a rendus muets.

– Comment t'appelles-tu ? reprend l'enfant en s'adressant à Ti.

Ankh est prise d'un fou rire nerveux. A-t-on jamais vu un enfant de cinq ans doté d'une telle assurance? Son cousin se redresse, et recouvre enfin le don de la parole.

– Mon nom est Ti, fils de Kafran et de Nefer. Et voilà Ankh, ma cousine, fille de Métoufer de Memphis et de Rana. Et toi ?

– Môse, répond tranquillement le petit.

Droit comme un dattier, Môse les regarde, sans ciller. Une chose est sûre : il n'a plus peur. Pourquoi ?

–Môse ! Môse ! persifle Ti. Qui est ton père ? Qui est ta mère ? Comment veux-tu qu'on te situe si tu n'en dis pas plus !

–Moi, je ne veux rien du tout, réplique le petit avec un calme déconcertant.

–D'où viens-tu ? reprend Ankh.

La curiosité la dévore. Jamais ils n'ont rencontré petit enfant plus énigmatique ! Môse a un sourire moqueur. Il désigne le mausolée.

–De là.

–Il se moque de nous ! explose Ti, en colère.

–Ce n'est pas une réponse, Môse, insiste doucement Ankh.

Môse hausse les épaules. Ça lui est égal. Ils n'en tireront rien de plus. C'est un drôle de petit bonhomme. Mais, puisqu'il accepte de les suivre à la Mata, la famille parviendra peut-être à élucider ce mystère.

–Rentrons, conclut la petite fille en posant sa main sur l'épaule de son cousin.

–Oui…

Ti est vexé comme un paon. Son plan était génial et audacieux ! Il tombe à l'eau. Pas plus haut que le singe Abi, ce bambin est en train de lui damer le pion.

–Oui, on rentre, reprend-il. Mais par le souterrain. Môse, tu vas nous montrer le chemin.

Il darde sur Môse un regard noir. Sourcils froncés. Pour toute réponse, Môse s'engage sur le sentier poussiéreux.

–Môse ! Tu m'as entendu ? lance Ti, autoritaire.

Le petit garçon se retourne.

–Oui.

–Alors, obéis !

–Non.

Son visage est aussi impassible que celui du vieux Thotmès.

–Quelle tête de mule ! constate Ankh, plus amusée que fâchée.

Son cousin, lui, est ulcéré. Môse lui tient tête et que peut-il faire, hormis céder, hein ?

–Allons viens, lui dit Ankh, conciliante.

À contrecœur, Ti ramasse son attirail. Ah ! il a vraiment l'air malin avec sa corde, son écharpe et… son prisonnier qui marche à trois pas devant eux. Tête haute. Cette fois, il a enfilé ses sandales et il semble prendre grand plaisir à se promener au soleil. Ti le rattrape, bien décidé à continuer son interrogatoire.

–Thotmès, tu connais ?

Môse lève vers lui un regard limpide.

–Oui.

Ti lance à sa cousine un coup d'œil victorieux.

–C'est Thotmès qui te retient en otage dans le souterrain ? reprend Ti.

–En otage ?

Visiblement, le sens du mot échappe au petit.

–Prisonnier, rectifie le jeune garçon.

–Prisonnier ? répète Môse qui cette fois a compris.

Il éclate de rire :

–Ça vous arrive souvent d'inventer des histoires aussi idiotes ?

Ti et Ankh se regardent, complètement désarçonnés.

–Et si tu nous racontais la tienne ? gronde Ti.

Môse retrouve son sérieux. Il secoue la tête.

–C'est pas à moi de raconter, déclare-t-il.

De nouveau, il offre un front buté, un regard sombre. Un pressentiment effleure Ankh... Ce petit inconnu a vécu quelque drame. Mais est-ce vraiment celui que tous deux ont inventé ?

•

Durant le trajet du retour, Môse n'a manifesté aucune réticence. Sauf pour parler. Tous les trois ont marché en silence, animés par des pensées différentes.

Ankh est soucieuse. Ont-ils bien fait de se mêler de cette histoire ? Ti est troublé. Braver l'interdit paternel risque de leur coûter cher. Môse, lui, semble tout à fait serein. En apercevant les murs blancs de la Mata, il laisse échapper un sifflement admiratif.

–C'est une belle maison ! s'écrie-t-il.

Puis, comme ses compagnons ne disent rien, il ajoute, naïf à souhait.

–C'est là que vit Thotmès ?

–Oui, répond brièvement Ankh, de plus en plus perplexe.

Môse semble bien l'aimer, Thotmès. Qui donc peut éprouver de l'affection pour ce redoutable vieillard ? Comment se fait-il que Môse et Thotmès aient un secret commun ? Et surtout… quel est-il ?

Ti brûle de la même impatience. Mais il s'est fait rabrouer une fois et ne tient pas à se ridiculiser à nouveau devant sa cousine. Plus têtu que Môse, ça n'existe pas ! On devra donc attendre que ce soir tout le monde soit réuni pour obtenir des explications. En même temps, pourquoi le nier, il meurt de peur ! Dans quel pétrin se sont-ils fourrés, Ankh et lui ? À présent, où cacher Môse ?

– Dans ma chambre, propose Ankh que Ti vient de tirer à l'écart.

– Keftiou y entre continuellement.

– Alors, dans le jardin ?

– Avec Maman qui s'y promène pour cueillir des fleurs ?

– Alors, je ne sais pas... capitule-t-elle.

Ti réfléchit.

– Dans la cave, décide-t-il soudain.

Ils reviennent vers le petit qui les attend avec une docilité étonnante. Acceptera-t-il cette solution ?

Ti se fait leur ambassadeur.

– Môse, il faut attendre le dîner pour te présenter à la famille. En attendant, veux-tu bien attendre dans les caves de la maison ?

– Pourquoi dois-je me cacher encore ?

Évidemment ! C'est tout à fait illogique de l'avoir ramené ici pour le plonger à nouveau dans l'obscurité ! Accuser Thotmès de l'avoir enlevé, et se transformer en ravisseurs...

– Nous resterons avec toi, décide Ankh qui se sent incapable de fournir une explication.

Môse semble réfléchir à son tour.

–Thotmès est-il là ? demande-t-il.

Ankh interroge Ti du regard. Tous deux savent que le scribe doit revenir en début d'après-midi. Seulement voilà, Kafran, lui, ne sera de retour qu'à sept heures. Et Thotmès est beaucoup trop effrayant pour être affronté seul !

–Non. Thotmès ne reviendra qu'à l'heure du souper, déclare Ti.

–Dans ce cas, c'est d'accord, dit Môse.

Soucieux de ne pas se faire voir, les trois enfants contournent la villa. L'entrée des caves se trouve à l'arrière. Ils l'atteignent sans rencontrer personne. Ça, c'est un cadeau des dieux ! Ankh est allée chercher une lampe à huile et un morceau de volaille pour le déjeuner de Môse.

–Écoute, lui dit Ti, tu vas rester ici pendant que nous allons déjeuner. Nous reviendrons tout de suite après, c'est promis.

Môse incline la tête. Il semble satisfait de se trouver entre les murs de la Mata. Rassuré, dirait-on. Ankh et Ti en sont intrigués.

Lorsqu'ils reviennent, tout de suite après le repas, ils trouvent le petit garçon très intéressé par les cruches alignées tout autour de la cave.

–Qu'y a-t-il dedans ? s'informe-t-il.

–Du vin d'Amon, répond Ankh.

–On peut y goûter ?

–Bien sûr ! affirme Ti.

14

La longue épopée d'un scarabée d'or

– Oh !… là… là ! gémit Ankh, en portant la main à son front.

– Wouah… fait Ti en lançant ses bras en avant.

Il parvient à faire trois pas sans tituber. Un rire strident lui vrille les oreilles. Excité comme une puce, Môse saute à pieds joints.

– C'est bon ! C'est bon ! C'est bon ! ne cesse-t-il de répéter en se frottant l'estomac.

C'était… bon, songe Ankh. Mais, maintenant, une horrible migraine martèle ses tempes. Elle regarde les deux garçons…

Ils sont ronds comme des grives !

Quelle heure peut-il bien être ? Ils avaient rapporté des jeux dans la cave pour distraire Môse et passer tranquillement l'après-midi dans cette cachette. Et puis… Il y a eu ces cruches de vin d'Amon que Môse voulait goûter. Et voilà, ils y ont tous goûté ! Oh, ils n'en ont pas beaucoup bu. Mais suffisamment pour être malades. Jusqu'à présent, Kafran leur laissait seulement tremper leurs lèvres dans sa coupe. Un jus de treille sucré, un goût d'ambroisie, aussi doux qu'un sirop. Comment se fait-il que trois malheureuses gorgées les aient plongés en plein brouillard ?

Péniblement, la petite fille monte les marches de l'escalier. Sur le seuil de la cave, elle aspire une grande bouffée d'air tiède.

Ça la revigore. Mais la nuit tombe… Vite, elle redescend.

– Ti ! Môse ! C'est l'heure du souper ! Il faut y aller !

– Aller où ? demande Ti.

Les vapeurs d'alcool ont balayé ses beaux projets. Il se sent euphorique. Môse aussi.

– Ti, je t'en supplie, reprends-toi. Il faut monter dîner.

D'un seul coup, les souvenirs reviennent. L'angoisse aussi. Affronter la famille va être beaucoup moins drôle que goûter aux produits des vignes de Pharaon. Le jeune garçon fait un effort pour recouvrer ses esprits.

–Et si on laissait tout tomber? bredouille-t-il.

–Tout tomber? répète Ankh, en plongeant ses doigts dans sa chevelure épaisse. Mais tu es fou! Que comptes-tu faire de Môse?

C'est vrai. Ti soupire. Il faut y aller.

Avec un gros effort de volonté, les trois enfants ont réussi à gravir l'escalier. Les voici maintenant dans le vestibule. Ils ont l'impression de voguer sur un petit nuage. Môse ne cesse de rire et Ankh est obligée de lui mettre la main devant la bouche.

–Tais-toi donc… souffle-t-elle.

–Pourquoi? répète Môse, excité.

De derrière la tenture leur parviennent les éclats de voix de Kafran, Nefer et Thotmès. Ti se risque à jeter un coup d'œil entre les plis du rideau. Le visage du vieux scribe est décomposé. Une immense tristesse se lit dans ses yeux. Le petit garçon en éprouve un choc. C'est la première fois que Thotmès lui apparaît sous ce jour. Il a dû partir à la recherche de Môse cet après-midi… Bien sûr, sa disparition lui est désormais connue… Mais quels sont donc les liens mystérieux qui relient Môse au scribe de son père?

Kafran semble mécontent. Nefer, ennuyée. Keftiou circule entre les guéridons en bougonnant. Elle tient dans les mains un gros plateau de terre cuite sur lequel sont disposés des poissons plats rôtis aux herbes. Ça sent bon… Ce sont des oxyrhynques !

– … Encore en retard, Ti et Ankh !… Je ne les ai pas vus de la journée… Personne n'a volé mes poissons, cette fois… C'est une chance !

– Qui te vole donc, ma pauvre Keftiou ? soupire Nefer.

La réponse tombe comme une nuée de sauterelles sur un champ de lin. Avant que Ti ait pu réaliser les intentions de Môse, celui-ci le bouscule et entre dans la pièce.

– Moi ! lance-t-il d'une voix stridente.

Il éclate de rire. Ti et Ankh se précipitent, ils titubent sur leurs jambes, Thotmès se redresse, son teint est livide. Nefer pousse un petit cri. Kafran regarde les enfants. Deux exclamations fusent des lèvres des parents.

– Ma parole ! Ils sont soûls ! tonne Kafran.

– Qui… qui est-ce ? bégaye Nefer en désignant Môse.

Il y a un silence.

– C'est mon petit-fils, déclare Thotmès.

Ce qui se déroule par la suite pourrait être inscrit dans l'Histoire de l'Égypte !

Keftiou laisse choir son précieux plat d'oxyrhynques. Kafran est devenu muet. Nefer ouvre et ferme la bouche sans qu'il en sorte un son. Ankh et Ti sont persuadés cette fois que le vin d'Amon les a plongés dans une totale ivresse. Môse se jette au cou de Thotmès :

– Oh, Vénérable Grand-Père ! crie-t-il.

Mais il titube, glisse sur le dallage brillant et Thotmès n'a que le temps de le saisir à bras-le-corps.

Thotmès… lui… il pleure !

Alors, comme les grosses larmes qui se frayent un chemin dans les rides de ses joues ne répondent guère à l'image qu'elle s'est toujours faite de lui… Ankh, à son tour, éclate en sanglots.

À cette seconde d'éternité succède une avalanche de mots provenant de toutes parts.

– Thotmès ! D'où nous sors-tu ce petit-fils ? tonne Kafran, incrédule.

– Ces enfants… sortent surtout de la cave, gémit Nefer. Ils sont malades !

– Mes oxyrhynques… gémit Keftiou.

Ankh et Ti ne disent rien. En revanche, le discours que le vieux scribe tient à Môse se révèle ahurissant…

–Oh, mon petit ! Pourquoi n'avoir pas attendu que tout soit éclairci ? Je t'ai cherché toute la journée… C'était horrible.

–Vénérable Grand-Père, ils voulaient m'enlever ! J'ai préféré les suivre.

ILS ? Les regards convergent vers les responsables.

Thotmès repose à terre son petit-fils. Son regard balaye l'assistance.

–Le monde est parfois dur pour ceux qui sont vraiment bons, dit-il d'une voix rauque. Écoutez. C'était il y a bien longtemps, commence le vieux scribe après s'être raffermi la voix… J'étais un très jeune marié lorsque ma bien-aimée mourut en mettant au monde notre fille Kipa. Kipa devint la consolation de mes beaux-parents. Nous vivions alors en Basse-Égypte et nous étions si pauvres que je décidai de venir à Thèbes. J'entrai ainsi à ton service, Kafran.

–Pourquoi ne m'avoir jamais parlé de ta famille ? proteste le médecin.

–Pourri d'orgueil, j'ai eu peur de ta pitié et de celle de Nefer. Tous les ans, à la saison de l'Inondation, je me contentais de descendre le Nil pour serrer Kipa dans mes bras et remettre à ses grands-parents un coffret d'argent et de cuivre afin qu'ils puissent payer son éducation. À l'âge de treize ans, Kipa se maria à son tour avec un homme qui avait du sang nubien dans les veines. Cela me déplut…

Thotmès s'interrompt. Gêné. Honteux. Ses yeux se posent sur les cheveux de Môse. Voici donc pourquoi ils sont légèrement bouclés…

– … Mes beaux-parents lui remirent alors un bijou de famille. Ce petit scarabée d'or que tu portais l'autre soir, Nefer. Il est facilement reconnaissable, grâce à un léger défaut… Il y a un petit trou dans l'aile gauche du scarabée. Kipa avait pris la détestable manie de le sucer… Or, l'année suivante, lorsque je revins la voir, j'appris qu'une épidémie de fièvre avait ravagé la région. Il y avait eu des milliers de victimes. Mes beaux-parents étaient morts. Personne ne sut ou ne voulut me dire ce qu'il était advenu de ma fille et de son mari. Je regagnai la Mata, le cœur empli de souffrance. Et… je la cachai soigneusement. Des années passèrent…

– Oh ! Pourquoi ne m'avoir rien dit, Thotmès ! s'écrie Kafran. Je t'aurais aidé à effectuer des recherches en Basse-Égypte !

Le scribe hoche la tête.

– Kafran, tu sais très bien que lorsqu'on s'enfonce dans le mensonge, il est très difficile de revenir en arrière. Mais, sans doute, les dieux eurent-ils pitié. Car à la fin de cet hiver, comme je longeais le fleuve, j'aperçus une barque en roseau échouée sur la rive. Elle avait descendu le courant en emportant un petit enfant affamé et presque mort de soif. Sur sa poitrine, brillait notre scarabée d'or. Ses chevilles étaient entravées par des chaînes… Que s'était-il donc passé ? Était-ce mon petit-fils ? Pour quelle raison avait-il été mis en esclavage ? Tout cela était si troublant que je décidai de le soustraire à la curiosité et aux recherches de ses maîtres éventuels. J'avais découvert, il y a quelques années, un souterrain reliant la Mata au tombeau abandonné. Je décidai donc de l'y cacher jusqu'à ce que je puisse recueillir de plus amples informations.

– Môse ne put-il te fournir quelques détails ? demande Nefer, profondément émue.

– Il n'a que cinq ans, Nefer ! Il me dit s'appeler Môse. Mais, bien sûr, il avait oublié le nom de ses parents, morts durant l'épidémie. Recueilli par des gens sans scrupules, il fut mis en esclavage à cause de ses cheveux bouclés. On le traita comme un Nubien. Un jour, il parvint à s'enfuir dans cette barque en roseau… et les dieux le conduisirent jusqu'à moi.

Un grand silence retombe dans la pièce. Keftiou renifle bruyamment. Kafran se racle la gorge.

– Ç'aurait été si simple si tu ne m'avais pas caché ton passé, mon cher Thotmès ! Décidément, nos âmes sont plus difficiles à guérir que nos corps !

– Quoi qu'il en soit, dit doucement Nefer, je crois bien que je vais devoir élever un onzième petit garçon. Qu'en penses-tu, Môse ?

Môse n'en pense rien. Il tombe de fatigue. Le vin d'Amon plus ce long discours commencent à lui fermer les yeux. D'une voix ensommeillée, il bredouille.

– Ti et Ankh ont découvert ma présence dans le souterrain… Ils m'ont entendu pleurer un jour où je m'ennuyais… Ensuite, ils s'y sont fait enfermer… Alors, je les ai guidés jusqu'à la sortie vers la Mata. Et puis, j'ai aussi voulu leur rendre leur panier pour que Vénérable Grand-Père ne s'inquiète pas… Hélas, la chaîne de mon scarabée d'or a dû casser… et il est tombé dans le panier.

– C'est le dieu scarabée qui a voulu nous prévenir ! s'écrie Ankh, ravie.

Môse suce son pouce, la tête appuyée contre la poitrine sécurisante de Thotmès.

–Oui... Mais Ti et Ankh avaient aussi projeté de me ligoter ! Alors, j'ai eu peur ! Je sais ce que c'est que d'être attaché... C'est pourquoi j'ai préféré les suivre ici... Je savais bien, Vénérable Grand-Père, que tu me défendrais.

Ti écarquille les yeux, indigné !

–Merci ! Nous ne voulions que ton bien !

Kafran caresse sa barbe.

–Puisque les dieux s'en sont mêlés, je ne vais pas intervenir pour punir Ti et Ankh. Après tout, le scarabée d'or a tout manigancé mieux que toi, mon cher Thotmès ! Et lorsque les dieux ont parlé, que puis-je ajouter ?

« Rien », songent Ti et Ankh, encore sous le coup de l'émotion.

Cependant, c'est encore une fois mal connaître les secrets de l'âme, car Keftiou essuie tout à coup ses pleurs pour déclarer avec dignité :

–On pourrait peut-être leur demander de préparer le repas ?

Épilogue

Aujourd'hui, vingtième jour du dernier mois de l'été, une bonne nouvelle tombe à la Mata : Môse vient d'être racheté à ces vilaines gens qui avaient profité de sa misère pour le réduire en esclavage.

– Au lieu de leur donner des debens d'argent, on aurait mieux fait de leur couper le nez, les oreilles et la langue, grommelle Ti avec un entêtement féroce.

Tous trois sont assis sur les berges du Nil. Ils regardent passer les bateaux. Bientôt les eaux vont monter pour l'inondation et ce sera l'hiver. Ankh va retourner à Memphis. Ti rentrera à la Maison de la Vie pour suivre sa médecine… Môse va prendre sa place à la Mata. Mais, aux prochaines vacances, ils ne seront plus tout à fait des enfants insouciants.

– Je suis contente de revoir Papa, soupire Ankh. Mais je suis triste de quitter la Mata. Comment peut-on à la fois être heureux et triste ?

Elle regarde les eaux fades, vertes et limoneuses du Nil. Les flots suivent le courant, dociles, comme les jours qui s'égrènent sans qu'on puisse rien faire pour les retenir. Tout cela lui paraît magique et plein de mystère. Comme les pensées des hommes de cette terre. Si Môse n'avait pas été apporté par le Nil, aujourd'hui encore, ils continueraient de trouver Thotmès antipathique. À son insu, le petit Môse leur a apporté une moisson d'amour.

Ti entoure gentiment ses épaules. Il est rudement satisfait de la tournure des événements ! Il aura une histoire passionnante à raconter à ses frères lorsqu'ils viendront leur rendre visite à la Mata. Et puis, il a aussi appris autre chose : il n'est pas toujours suffisant de soigner les maladies visibles. Il en est d'autres soigneusement cachées dans le cœur de chaque personne.

Môse est le seul à être entièrement satisfait de lui. Thotmès va lui enseigner à traduire ses pensées en hiéroglyphes. Lorsqu'il aura appris suffisamment de signes, il entrera à l'École des prêtres. Hier, on lui a coupé ses boucles. À cette occasion, Nefer lui a mis autour du cou le précieux scarabée d'or de Kipa, sa maman. Plus tard, il deviendra un homme...

– Les dieux m'ont bien protégé, déclare-t-il soudain.

Ti et Ankh sursautent.

– Ils ne sont pas les seuls, que je sache ! riposte Ti.

– C'est vrai, nous sommes là aussi pour veiller sur toi, renchérit Ankh.

Môse les regarde à tour de rôle et déclare, sentencieux.

– C'est normal.

« Que veut-il dire ? » se demandent ses compagnons. Ils ignorent tout simplement que, pas plus tard qu'hier, Thotmès lui a dit :

« ... Au premier matin du monde, les dieux ont fait jaillir l'Égypte de la mer. Ils ont dissocié le firmament du sol. Ils ont lancé le soleil sur l'océan. Après, ils ont créé la Vie en Égypte. Mais souviens-toi, Môse, la Vie exige que l'on soit tous responsables les uns des autres. »

Lexique

Brasse (p. 15) : c'est une nage mais aussi une ancienne mesure de longueur valant environ 1,624 mètre.

Clepsydre (p. 35) : c'est une horloge à eau ! Les Égyptiens mesuraient le temps par l'écoulement d'une certaine quantité d'eau.

Deben (p. 78) : ancienne mesure de masse qui valait 91 grammes.

Hiéroglyphes (p. 81) : ce sont les signes qui servaient aux Égyptiens à écrire les mots de leur langue. Et ce n'était pas facile !

Khôl (p. 9) : poudre noire dont les Orientaux frottent leurs sourcils et paupières pour les maquiller et les protéger.

Le dixième jour (p. 22) : les semaines égyptiennes comportaient dix jours. Le dixième jour, c'est notre dimanche !

Medjai (p. 94) : c'était la police. Les Medjai étaient recrutés parmi les Nubiens et étaient redoutés de la population égyptienne.

Oxyrhynque (p. 52) : quel nom compliqué pour ce petit poisson ! En tout cas, les Égyptiens l'adoraient, le vénéraient, et parfois même, le momifiaient.

Papyrus (p. 12) : les Égyptiens utilisaient le papyrus, une plante poussant au bord du Nil, pour fabriquer le papyrus, une sorte de papier sur lequel ils écrivaient.

Scribe (p. 11) : chez les Égyptiens et autres peuples, c'est le secrétaire d'aujourd'hui.

Se recouvrir la tête de cendres (p. 16) : les femmes égyptiennes, pour marquer leur désespoir, prenaient de la cendre et s'en recouvraient la tête. Tout simplement !

Sistre (p. 36) : c'était l'emblème de la déesse Hathor. Cet instrument de musique comprenait un ensemble de tiges où étaient enfilées des rondelles, en général métalliques, qui s'entrechoquaient au moindre mouvement.

Tourie (p. 88) : c'était une sorte de bêche, mais aussi une grosse bouteille de grès, ou de verre vert.

TABLE DES MATIÈRES

DANS LA COLLECTION MILAN POCHE JUNIOR

1 • *Le Jobard* de Michel Piquemal
2 • *Histoires pressées* de Bernard Friot
3 • *Pour l'amour d'un cheval* d'Alim Hekmat
4 • *Rock'n Loup* d'Hervé Debry
5 • *Le 13* de Gérard Moncomble
6 • *La Nuit de la sorcière* d'Hélène Montardre
7 • *L'Heure de la momie* de Claudine Roland
8 • *Romain Gallo contre Charles Perrault* de Gérard Moncomble
9 • *Le Mouton Marcel* de Jean-Luc Coudray
10 • *Les Oiseaux du Mont Perdu* de Michel Cosem
11 • *Le Satellite venu d'ailleurs* de Christian Grenier
12 • *Les Neiges rebelles de l'Artigou* de Michel Cosem
13 • *Fabuleux Romain Gallo* de Gérard Moncomble
14 • *Objectif Terre !* de Robert Boudet
15 • *Au pied du mur* d'Hélène Montardre
16 • *Le Pionnier du Nouveau Monde* de Michel Piquemal
17 • *La Bague aux trois hermines* d'Évelyne Brisou-Pellen
18 • *Le Commando des Pièces-à-Trou* de Pierre Coran
19 • *L'Heure du rat* de Gérard Moncomble
20 • *Nouvelles histoires pressées* de Bernard Friot
21 • *Moi, Félix, 10 ans, sans-papiers* de Marc Cantin
22 • *Les Aventuriers des 18 mondes* de Béatrice Bottet
24 • *Le Masque de la Mort Rouge et autres histoires extraordinaires* d'Edgar Allan Poe
25 • *Hilaire, Hilarie et la gare de Saint-Hilaire* d'Hélène Montardre
26 • *Georges Bouton, explomigrateur* de Gérard Moncomble
27 • *Le Seigneur des neuf soleils* de Christian Grenier

28 • *Le Parfum de la dame en noir* de Gaston Leroux
29 • *Cache-cache avec la mort* de Michel Amelin
30 • *Zelna contre les vampires* de Stéphanie Benson
31 • *Mon premier Verlaine* de Paul Verlaine
32 • *Qui que quoi quand la poésie* de Jean-Hugues Malineau
33 • *La Dernière Nuit du loup-garou* de Marc Cantin
34 • *Le Secret du scarabée d'or* de Jackie Valabrègue
35 • *Les Aventures de Sherlock Holmes – Tome 1* d'Arthur C. Doyle
36 • *Enfer et couches-culottes* de Brigitte Richter
37 • *C'est bien* de Philippe Delerm
38 • *Encore des histoires pressées* de Bernard Friot
39 • *Le Secret de l'écrivain* de Roger Judenne
40 • *C'est toujours bien* de Philippe Delerm
41 • *La Cité barbare* de Gérard Moncomble
42 • *Clones en stock* de Pascale Maret
43 • *L'Enfant à l'étoile jaune* d'Armand Toupet
44 • *Jean de l'Ours* de Louis Espinassous
45 • *Un animal, des z'animots* de Jean-Pierre Andrevon
46 • *Le Mystère de la fille sans nom* de Marc Cantin
47 • *Les Aventures de Sherlock Holmes – Tome 2* d'Arthur C. Doyle
48 • *Mon premier Hugo* de Victor Hugo
49 • *La Fronde à bretelles* de Pierre Coran
50 • *J'ai sauvé le père Noël* d'Andreas Steinhöfel
51 • *Comment je suis devenu un fantôme* de Marie de Latude
52 • *Dans les bras du monstre* de Gérard Moncomble
53 • *Le Bûcher aux sorcières* d'Amélie Sarn
54 • *Les vampires contre-attaquent* de Stéphanie Benson et Lisa Saby
55 • *Mauvaises fréquentations* d'Yves-Marie Clément
56 • *Ali Zaoua, prince de la rue* de Nathalie Saugeon

57 • *Les fils du diable* de Sylvie Bages
58 • *La Nuit des Pélicans* de Pierre Coran
59 • *Ce jeudi-là* d'Amélie Sarn
60 • *Le Minus* d'Anne-Marie Desplat-Duc
61 • *Mon Premier Baudelaire* de Charles Baudelaire
62 • *Mission Toutankhamon* de Claudine Roland
63 • *Apprentie détective* de Françoise Jay d'Albon
64 • *Pressé, pressée* de Bernard Friot
65 • *Aliocha, cheval des steppes* de Jackie Valabrègue
66 • *La Menace* de Lucette Graas-Hoisnard
67 • *L'impossible mademoiselle Muche* de Christian Grenier
68 • *Les sept péchés du diable* d'Armand Toupet
69 • *Moi, Félix, 11 ans, Français de papier* de Marc Cantin
70 • *Mes premiers poètes* de Michel Piquemal
71 • *Esclave !* de Pascale Maret
72 • *La dernière nuit d'Alouine* d'Éric Sanvoisin
73 • *Mamie et moi* de Marc Cantin
74 • *La revanche des crapauds cracheurs* de Pascal Coatanlem
75 • *Le père Noël et les enfants du désert* de Jacques Vénuleth
76 • *À mots croisés* de Bernard Friot
77 • *La Prophétie des magicyans* d'Hélène Bréda
78 • *Comment je suis devenu un fantôme – Le Chant des sirènes* de Marie de Latude
79 • *Lycée Dracula* de Douglas Rees
80 • *Moi, Félix, 12 ans, sans frontière* de Marc Cantin
81 • *Lois et Nora – C'est un beau roman* de Michel Le Bourhis
82 • *L'Île de la lune* d'Yves Pinguilly
83 • *Le Sorcier de Babylone* d'Alain Paris

Achevé d'imprimer par France-Quercy, à Cahors
Dépôt légal : 2e trimestre 2005
N° d'impression : 50956B